illust 珠梨やすゆき

アドルフさん、
もう少しだからね。
そうしたら、
幸せになってね

転生者の私は
”推し活”するため
聖女になりました！
玉響なつめ
ILL. 珠梨やすゆき
1

Contents

プロローグ

「この娘には治癒能力が認められる。神官となるべく、神殿預けとする」

（えっ……あれ、えっ？）

神官様の高らかな宣言を聞いて、私は目を丸くする。

私が、記憶を取り戻したのは十歳の技能検定《スキルチェック》の儀の真っ最中だったのだ。

（えっ、えっ？　あれえええ!?）

偉い人に連れられて、あれこれご高説いただいた気がするが、私はパニックに陥っていたのでまるっきり聞いちゃいなかった。

叫んだりしなかっただけ褒めてもらってもいいと思うんだよね。

そう、だって……異世界に転生したなんて、誰だってパニックになるでしょ？


技能検定を受けると聞いた時もそうだったけど、確定したのは私に『治癒能力がある』、そう神官に告げられた瞬間だったと思う。

その時、唐突に『なにそれ、ファンタジーとかゲームみたい』と思ったのだ。

それが多分、前世を思い出すきっかけだった。

いやもうファンタジーもファンタジー、転生してた!!

そのことを自覚してびっくりした。いや、本当にびっくりした。

前世の私は黒髪黒目のザ・日本人だったことは覚えているし、なんだったら今世の髪の毛もこの世界における地味色の代表みたいな焦げ茶色。しかも目に至っては黒に近い焦げ茶色だ。

あるぇ、転生したらお姫様とか令嬢じゃないのかこれ。

痩せっぽちのチビとかどういうことですか、神様!!

しかもなんとか冷静になってあれこれ記憶のすりあわせをしてみたところ、私が前世で好きだったタクティクスゲームと同じ世界っぽい。

しかも時系列的には、ゲームスタート時よりも結構前じゃないかなって感じ。

『ゲーム』

そう、ゲームだ。なかなかに作り込まれたダーク色の強いその内容が売りで、出てくる登場人物の必死な生き様にプレイヤーたちが滂沱《ぼうだ》の涙を流したという伝説もできちゃった若干マニアックでやりこみ要素満載のゲーム。

スタート時に男女どちらかの主人公を選ぶかによってストーリーがそれぞれ異なるのに途中で交わったりとプレイヤー心をくすぐる設定だった。

その世界をより深く知ることで楽しめる……そういうやつ。

ご多分に漏れず私もドはまりした。

本筋そのものの流れは一緒だけど役割が違うことで見える側面が異なって、プレイしながら『ああああ、そうじゃないんだよおぉォオ！』とか『そこ！　ニアミス！　気がついてえぇえ』とか思わず口から何度出たことか。幸せになって！

そう、そんな風に言っちゃうのもダーク色が強めなだけあって割と登場するキャラがぽこぽこイベントで死ぬ系のゲームだったから……。

（くっ、気に入ったキャラが救えないシナリオとか泣ける……!!）

まあそれはともかく。

要するに主人公のどちらを選んでも、本筋は一緒。

（けど、これがまた不憫すぎて泣けるのよねえ）

ゲームの設定はこうだ。

私たちの暮らす国オーベルージュは、隣国リンドーンとの戦争の最中だ。

その戦況はとても過酷で戦える者は次々と戦場へ駆り出されるという状況。

男主人公でスタートした場合。

国家のために、家族のために、どうせ徴兵されるなら立身出世の野望を胸に抱き騎士隊に入隊する。騎士隊で出会ったかけがえのない仲間や尊敬する上司が無残な死を遂げ、次々に明るみに出る陰謀、そこに人間の闇を見た……というストーリーが主軸だ。

守りたいものがあるのに、権力の前に絶望する……みたいなね！

そして次に女主人公。

こちらは私と同じく治癒能力が検知された結果、やりたくもない職業聖女にされてしまう。

挙げ句、戦争とは関係ないところで仲良くなった人たちが死んでいくことで自分の能力の限界を知り、そして聖女でありながらなんの権力《ちから》もない自分に絶望する……みたいな。

どっちも酷いな！　絶望しまくりだよ!!

そんでまあストーリーが終盤になると、二人のシナリオが重なるのだ。これがまた盛り上がるんだよね……最高なんだよ。

辛い思いをして最終的には主人公の二人が手を取り合って戦争を終結させて、ジ・エンド。

エンディングを迎えるまでの選択肢や味方の生存率、またアイテムなどの入手率で内容が変わる、マルチエンディングシステムだった。

私は一人のプレイヤーとして大いに泣き、楽しみ尽くした一人ではあるんだけど……エンディングに辿り着くまでに必ず絶望するストーリーだったので、希望に満ち溢れたエンディングを迎えても複雑な気持ちになったもんである。

確か売り文句が『リアルな悲しみと、立ち向かう勇気をあなたに』とかそんなんだったと思う。

限度ってもんがあるだろーが!!　絶対に救えないキャラが片手で足りないってどういうこと。

（でも、ようやく、ここまで来た……!!）

とまあ、ゲームに関してはものすごく思うところがあるものの、そんな世界に生まれ落ちた私も一介のモブみたいなもんだから結構苦労した。

ただ記憶を取り戻してからの私は、生きる目標ができたので頑張れた。

このゲームにおいて私にとっての〝推《お》し〟が存在する。

まあドはまりしてたってんだからそりゃ推しの一人や二人……ね？

「神官イリステラ、本日をもってそなたはこの国の〝聖女〟の一人として認められた。国の規定により、聖女は軍の所属となり、獣神部隊……通称〝ビースト〟のいずれかに属さねばならぬ」

「はい、神官長様」

「陛下の温情により、そなたが望む部隊に所属することが許される。そこで生涯の伴侶となる者を決め、宣誓せよ。神は常にそなたを見守ろう。さあ、まずは部隊を選ぶが良い」

「では、私は……」

これはゲームにはないストーリー。

私が決める、私が思い描く通りに生き抜くために前世の記憶を取り戻してからずっと練り上げてきた、計画。

立ち上がり、今、神官長が口にした特殊部隊〝ビースト〟の人たちが並ぶ方へと視線を向ける。

この国でたった五つしかない部隊。

それも各隊二十人ずつくらいしかいない部隊。

精鋭と呼ばれる戦闘集団だけど、世間では少し怖がられている人たち。

(ああ、自分は関係ないだろうって顔してる)

私は今日、この時を待っていた。ずっとずっと、待っていたのだ。

だって、私には推しがいる。

今、推しが目の前にいるのだ!

緊張を誤魔化すように深呼吸を一つ。

「私が所属したいと願うのは、第五部隊」

どよめきが起こる。

これまで聖女たちがこぞって拒否した部隊を率先して指名するんだから、そりゃそういう反応にもなるだろう。だけど、私は迷わない。

むしろ嬉しくってたまらない。満面の笑みになるのをグッと堪えて真面目な顔を保つ。

「そして私が伴侶にと願うのは、第五部隊隊長アドルフ・ミュラー様にございます」

私の迷いない言葉が、シィンと静まり返った神殿内に響く。

次いで小さなざわめきの後、あちこちから悲鳴が上がった。

私に名指しをされた当人は自分の名前が呼ばれたことが信じられないらしく、目を瞬《しばた》かせて呆然とこちらを見ていた。

そう、彼こそ……第五部隊のアドルフ・ミュラー、彼こそが私の最愛の推しなのだ!!

(いやあああああ、そんな表情も素敵……!)

私は周囲の声などまるっと無視してアドルフ様に歩み寄り、にっこりと笑ってみせた。

きっと近年稀《まれ》に見る可愛い笑顔だったと思うよ! 自分比だけど!!

「どうぞこれからよろしくお願いいたしますね、ミュラー様!」

第一章　推しを幸せにしたい、いい目標じゃないですか

私の推し、アドルフ・ミュラー。

ゲーム制作者になんでそんな恨まれてんの？　ってくらい不憫《ふびん》属性てんこもりの人だ。

この人は男主人公編のシナリオにだけ台詞付きで登場する。

ゲーム本編でいうとシステム説明のために序盤で死ぬという犠牲キャラ。

くすんだ金の髪に、希望を失って淀んだ光を放つ緑の垂れ目、そして整った顔立ちなのに左頰から首にかけて大きな傷がある。それが精悍さを増しててかっこいいんだよなあ！

その風貌からもわかるように、歴戦の戦士ってやつだ。

加えてゲームで語られる彼の人生は、暗くて悲しい物語。

男主人公が慕うほど部下想いで……態度は素っ気なくても優しい人なのに、だ。

ゲームで語られる彼の生き様はこうだ。

彼は戦禍で家族を失い、救済院と呼ばれる施設で育つ。

戦時下ということもあって救済院は常に子供でいっぱいで、彼は愛されることを忘れてしまった。

弱い者同士身を寄せ合い、その仲間だけを信じ、必死に生にしがみついた。

アドルフ・ミュラーにとって、後に結婚する女性と、幾人かの友人。それが彼の世界だった。

騎士になって少しずつ大切なものが増えたとしても、戦争が彼の大切なものを奪っていくのだ。

そうして悲しみを殺して、仲間を守るために誰よりも前で戦う。

それが私の推しの生き様なのだ!!

『悔しかったら生き残れ。それがこの世界に残されたルールだ』

そう言ってゲーム内で仲間を失ったことで泣き崩れる男主人公に武器を取って攻撃を指示するところがすっごいかっこよくてだね……!

おっと、話が逸れた。

とにかく、自分の身を守るのも厳しい少年期を終え、碌な教養もない彼は兵士となる道しか選べず、戦争に参加して傷を負って……気がつけば獣神部隊の隊長になったってわけさ!

ちなみに女主人公側でシナリオを進めていくと、実は彼の奥さんが浮気托卵という最悪ムーブをかましてアドルフさんは心が疲弊しきっていたっていう話が出てくるんだよね……。

更に男主人公視点になると、その浮気相手がアドルフさんの数少ない救済院での友人だったことも判明するっていう。最悪だな!

片方だけだとわからないけど、両主人公をプレイすると見えてくるこの事実。

ストーリーに深みを持たせてくれるのは嬉しいけど、どうせだったら楽しい話題とかほっこりする話を埋め込んでくれたら良いのに!!

ほんとあのゲームの制作者、プレイヤーの心を折ってくるよね！　酷い話だ!!

……とまあ、両方のストーリーを進めてわかる過去を持つ上、主人公たちに影響を与えまくるっていうのに、序盤で早々に退場するキャラ……それがアドルフさんなのだ。

（でも！　今の段階ならまだアドルフさんは結婚していない!!）

なんでわかったかって？

聖女になった時に『結婚相手を所属する部隊の軍人から選べる』権利が与えられるので、そこのリストの中に名前があることを真っ先に確認したからです。

国からしたら聖女を逃がさないための制約でしかないが、私にとってはご褒美だ！

見つけたときにはガッツポーズしました。雄叫びも出そうだったわ。そこは我慢した。

でも聖女長にお淑《しと》やかにしろってめっちゃ叱られました。反省。

まあそれはともかく。

だからさ、結婚前なら浮気も托卵もされないわけじゃないですか。なら私がアドルフさんと結婚しちゃえばいいんじゃね？　幸せにしちゃったらいいんじゃね？

私はアドルフさんの幸せのためになら全身全霊で尽くすよ!!

そのために聖女になれるよう頑張ったんだし。

（……最悪、嫌われてもいい。いや嫌われたくはないけど。せめて会話してもらえる程度にでもい

いから認知はされたい）

私はゲームをやりこんだクチだけど、原作厨ではないので推しは全力で推すし、推しが幸せになってくれるならいくらでも努力するタイプのめんどくせーやつです。

それにこれ、私にとっては現実ですし！

（この一年が勝負……!!）

そう、そうするとゲーム開始の時期になるのだ。

頑張って聖女に成り上がるまで結構時間がかかっちゃったけど、間に合ったよ！

つまり男主人公がアドルフさん率いる第五部隊に配属されるまでの間に、アドルフさんが幸せだなって思ってくれて、死亡フラグをへし折れる状況にまで持っていく。

それが私の目標であり使命なのだ!!

ちなみにゲーム発売からアドルフさんのその報われなさすぎる設定の数々、そして実際プレイしてわかる不憫さにプレイヤーたちが『幸せにしてあげたい』って救済ルートがないかどうか検証が行われたくらい人気キャラだったんだよ……。

まあ、なかったんですけどね！

アドルフさんが非業の死を遂げることで男主人公が能力に覚醒して、あとは性格を拗《こじ》らせるっていうストーリー展開だからね！　必須項目だったんだよね!!

「……聖女殿」

「イリステラです、ミュラー隊長」

「こちらもアドルフで結構。……ああ、くそ。取り繕うだけ無駄か」

物静かに私を見据える彼の目は、まるで熱を持っていない。何故なら彼はこの世界に希望なんて持っていないし、なんだったら未来なんて考えていないから。

でもそのせいなのか、まるで宝石のように綺麗だと思った。

この目が情熱的になったら私の心臓が止まっちゃうかもしれないので、逆に今はありがたい。

とはいえ、その飾らない口調も相俟って、冷たい雰囲気がホントにもうかっこよすぎて……！

どうしよう好き!!　全世界にこの魅力を伝えたい！

さすが私の推し！　推せる！　っていうか推してる!!

「……アンタ、正気なのか」

「まあ！」

あれから式典を終えて、アドルフさんと私は別室にいる。

先ほどまで軍の関係者から結婚の手続きや、教会からは私の軍部への籍移動、諸々の書類作業と説明を受けていたのだ！　あと誓約書とかね。

いろいろあるんですよ。いろいろ。

で、だ。

その説明を終えたら『あとはお若いお二人で～』みたいな軽い感じで彼らは去って行った。

この後一時間くらいはこの部屋好きに使ってイイヨ！　って言い残してね。

いやこれ、実は聖女の結婚によくある話なのだ。

聖女は必ず獣神部隊の人間と婚姻関係を結ばなければならない。

それは教会と王家の間で結ばれた、密約によるものだ。

表向きはビーストの隊員たちに神のご加護を……ってことになっているし、貴族の政略結婚と同じように語られる。

ただ「この人と結婚します！」って宣言したからって、相手と面識があるかどうかはまた別の話。

恋人関係じゃないだけならまだしも、とりあえずこの人でみたいなこともあるんだよね。

その場合、相手が拒否することだってあるわけで……。

（大抵は丸め込まれて終わるんだけどね！）

おお、怖い怖い……。

ちなみにその場合、契約結婚って形で過ごしてもらって、一定期間を共にして、どうしても夫婦関係を構築できないと判断された場合、離婚が許される。

今回の、私のケースみたいにな！

（まあ私視点だと！　一方的に愛ある！　結婚なんですけどね!!）

アドルフさん的には寝耳に水もいいところでものすごく嫌なんだろうけど。

あっ、冷静にそこを考えるとメンタル死にそう。

推しに嫌われるとかもう想像しただけで涙腺がやばい。

でもこれは！　推し救済の第一歩なんで！　譲れません!!

勿論、役得という面は否定しませんが。でへへ。

関係を無理強いはしないけど、推しを拝める距離での生活だもの！

だから精一杯、ここは必死に食い下がってこの契約結婚に納得してもらわないといけない。

「正気、というのはどういう意味でしょうか」

「……俺の妻になると宣言したり、第五部隊を選んだことだ。まさかとは思うが、うちの部隊のことを知らないのか？」

「あら、存じておりますよ、第五部隊――別名、死神部隊」

すさまじい戦功を誇る代わりに、死亡者数もダントツの部隊ゆえについた呼び名だ。

そこに配属されるということはすなわち死を意味する――なんて言われちゃったりもする、ほぼ平民で構成されている部隊。

(まあ、それにも意味はあるんだけどね！)

呆れた様子でため息を吐き、片手で顔を覆ったアドルフさん。

そんな姿も様になるぅ！　と脳内カメラでバッチリ記録しつつ、私は言葉を続ける。

「承知の上で、私は、貴方と、結婚したいと思ったのです。アドルフ・ミュラー隊長」

ゆっくりと、一言一言区切るように、強調するような私の言葉に、アドルフさんが呆気にとられたような表情をしていた。

といってもほんの少しだけ、目を見開いて……困ったような顔をしていて、それすら絵になるんだから色男ってすごい!!

はーーーーーー、推せる！

「……誰かに脅されたりとかは」

「そのようなことは一切ございません」

疑り深ぁい！　でもまあ仕方がないのかもしれない。

そのくらい第五部隊に対して、今までの聖女たちが拒絶反応を示してきたからね……。

ちなみに私はバッチ来いなので本心なんだけども。

まあ内心こんなだけど、聖女ってのは見た目とか振る舞いが大事ってめっちゃ教育されているので、彼の目には私がただ微笑みを浮かべているだけにしか見えていないはずだ。

そうだよね？　そうだと言っておくれよ、ファーストインプレッションが大事なんだからア!!

「……俺はアンタを愛せない。それでもいいのか」

「構いません。最低でも一年……お傍にいさせてくだされば」

一年。そう、一年でいい。

この国では、強制結婚だろうと一年経過さえすれば離婚申請が許される。

妙な仕組みだけど、それもこれも聖女を繋ぎ止めるための措置だ。

私にとって、大切な一年。

アドルフさんを愛し、幸せにするための時間であり、彼のために努力する時間であり——そしてゲームが開始するまでの、準備期間でもある。

(絶対に、負けてなるものか)


契約結婚にとりあえず納得してもらって、私たちは部屋を出た。

そしてあれこれ手続きについて話しながら歩いていると、こちらへ歩いてくる二人組がいるではないか。私はその姿を見てゲッと思ったが、辛うじて笑みを維持してみせた！　偉い!!

「……アドルフ、災難だったな。最弱の聖女に指名されるとは」

「ゲオルグ殿下」

おっと、いきなり嫌味をかまされた。

この国の第一王子にして獣神部隊・第一部隊の隊長、ゲオルグ殿下。

そして彼の伴侶《パートナー》でもある聖女で公爵令嬢のアニータ様。

獣神部隊はその部隊の数字順で地位が定められている。

第一部隊は王族を筆頭に高位貴族で構成。

ほぼほぼ出撃しない。聖女と伴侶になる率も高い最も安全な部隊だ。

第二部隊は高位貴族を筆頭に中位貴族、裕福な下位貴族で構成。

こちらも出撃率は低く、第一部隊に次いで聖女と伴侶になる率が高い。

第三部隊は下位貴族で構成。

王都を中心とした町の防衛担当だ。

第四部隊は下位貴族を筆頭に裕福な平民で構成。

聖女に選ばれる率はそこまで高くないけれど、第三と第四は大体部隊の四分の一が選ばれているんだったかな？

最近は聖女に認定される人間が少なくなっているんだけどね。

ちなみに第五部隊は貧困層の平民のみで構成され、最も危険な地域……つまり最前線で不利な戦況に放り込まれる役割を担っている。

だから最も戦果を誇り、最も死亡者が多いってわけ！

貧困層の平民は大勢いるからいくらでも補塡ができるだろうってね。

まったく、酷い話だ！

「まあ平民のお前にはちょうどよかろう。おれとアニータのように国を担うような立場でもないからな。すげ替えの利く聖女ならば、多少は役にも立とう」

「……彼女を愚弄するのは、やめていただきたく」

「ふん。同情はしないでおけ。……聖女は、消耗品に過ぎん」

「殿下！」

「ではな」

咎めるような態度のアドルフさんを意に介さず、殿下はとっとと去って行く。

私はそれを、何の感情もなくただ見ていた。

でも私に声もかけず最弱だと罵って去る殿下に思うところがあるのか、アドルフさんの眉間に僅かに皺が寄っていた。

アドルフ・ミュラーという人は一度懐に入れると、その相手を大切にしてくれる人なのだ。

たとえ、一年の契約結婚の相手であろうとも。

優しい……ああ、なんて優しいんだろう。そういうところが好きなんだよ!!

「……大丈夫か、その……」

「大丈夫ですよ。あの方はいつもあんな感じなので」

「……そうなのか」

私は曖昧に微笑んだ。

聖女になりたての私だけれど、聖女たちを束ねる聖女長から最低限のことは習っている。

同じ獣神部隊と名乗っていても王族率いる第一部隊と、平民だけの第五部隊は会議ですら一緒になることがないらしい。

だからゲオルグ殿下の尊大な態度も、彼が掲げる反聖女の理念も、アドルフさんが知らなくたっておかしくないのだ。

まあ、もうちょっと周囲に興味を持って？　と思わなくはないんだけど……。

（確かゲームだと、第五部隊は基本的に言われた仕事だけしてろって感じの扱いだったんだよね。第一と第二が政治的なこととか、王都の守りを担うとか、そんな設定だったような……）

さすがに現実世界だと細かい部分がゲームと異なるのが悩みどころだ。

ゲームでの内容、特にアドルフさん関連のことは記憶を取り戻した際にメモを取り、厳重に管理しているけど……最近は前世の記憶自体があやふやになりつつある。

それはこの世界で生きるのに必死だからってことが大きいんだろうなと思うので、仕方のないことなんだろう。

「とりあえず私たちに与えられた新居に移動しませんか？　生活用品は最低限送っておくとは言われましたけど、確認しておきたいですし」

「……ああ」

「私たちの荷物はもう届けられているんですかねえ」

「さあな」

諦めたようなため息を零すアドルフさんを横目に、私は新生活を思ってウキウキだ。

だって推しと生活できるんだよ？

おはようからおやすみまで一緒だよ？

そう、だって新婚だもの！　これでも一応、新婚ですからね!!

新婚休暇なるものをこの戦時中だってのに一週間もくれるんだもの。

よっ、太っ腹ァ!!

いや戦時中に聖女になったら結婚は強制だし、獣神部隊所属の軍人は選ばれたら拒否権もないってことを考えると太っ腹も何もないんだけどさ。

(……この結婚の意味、アドルフさんって知ってんのかな？)

主人公たちはストーリーが進むまで何も知らなかった。

それもそのはず。この一年で、戦況は悪化する。

だから女主人公は神官として未熟なのに聖女として抜擢されるし、ゲームでは伴侶を選ばなくちゃならない慣習はあってもそれは部隊に配属されるタイミングではなく、物語の途中になる。

聖女の能力に必要なものだから。

ゲームで言えば、覚醒イベントである。

(私は聖女だから教えられているし、前世の記憶があるから知っていたけど……)

教会でもやはり一部の人間しか教えられていない内容だったから、軍人たちには教えていないかもしれない。

(伴侶にどこまで話すかは本人たちの間で責任を負うこと、だっけ……)

誓約書の内容を思い出しつつ、私はにやける口元を隠す。

だって、伴侶。伴侶ですよ、伴侶。

こんな時に不謹慎だと思いつつも、やっぱり嬉しいんだよねえ。

推しが私の伴侶ですよ、現実に隣を歩いているんですよ。

他でもない私の横をな！

（はあ～～～今日まで生き延びてきて本当に良かった～～～～～!!）

いいんですよ、生きる目標がイコールで推し。いいじゃないですか！


「思ったよりも広くて綺麗な物件ですね！」

「……ああ」

新居ですよ、新居！

いやあ、新婚家庭にうってつけの一軒家！

ちなみに突然結婚することとなった私たちの私物に関しては、すでに運び込まれているのだ。

私は教会内にある部屋から、アドルフさんは多分軍の宿舎から。

プライベート？　そんなもんはないのだ……。

言うて私物なんて大きめの旅行鞄一つにまとまっていたので、軽いもんである。

叩き上げの職業聖女なんて着替えくらいしか私物はないのよね。

だってほとんど戦場で過ごすもん！

その普段着でさえ数少ないからさ……こうして見ると切ないな。

（聖女になって結婚するまでのことばっかり考えてたから、可愛い服とかないんだよな……）

せめて新妻としてフリフリエプロンまではいかずとも可愛いワンピースくらいあれば！

これが貴族出身の聖女となるとかなり待遇は変わるんだけどね。

彼女たちは最初から物持ちなので、羨ましい限りだわあ。

「まさかと思うが……荷物は、それだけ、なのか……？」

とりあえず私の荷物を見たアドルフさんが目を丸くしちゃって、かーわいいのなんの!!

んんん、私の推し、かっこいいのに可愛すぎない？

よくもまあ、制作陣はこんな素晴らしい人を序盤の説明で死亡するキャラになんて配置できたもんだよ……。ギルティですよ、ギルティ。

「はい、そうです」

「馬鹿な」

それにしても、そんな呆然と私の持ってきた旅行鞄を睨み付けるように見なくても。

見た目は確かにボロボロだけど、丈夫で頼りになる相棒なんだけどなあ。

（そんなにびっくりすることだった？　……あ、待てよ。もしかしたら）

ああーうん、誤解されてるなって私はこの時に理解した。

いやね、その誤解は誤解じゃないっていうか。

誤解は誤解なんだけど……って難しいんだよなあ！

「あの、この際だから、少しお話をしませんか。お互いについて知らないことが多いでしょう？」

「……」

「アドルフさんは、聖女についてどの程度ご存じですか？」

「……癒やしの力を持つ最上位職」

「それ以外には？」

「それ以外？」

アドルフさんが形のいい眉をひそめる。

はあー、ゲームのスチルと違っていろんな表情を見られるのって、すっごく嬉しい。

できたら笑顔も見たいところ！

まあほぼ初対面で結婚した相手にいきなり笑顔を向けるほどフレンドリーな性格ではなかったはずなので、そこはおいおい期待しよう。全ては私の頑張り次第だ！

「ええと……ちょっと待ってくださいね、書類を一応確認させてください」

私の職業は『聖女』。神官の最高位として与えられる称号だ。

これがね、かなりの守秘義務を抱えているもんだからさ……。

前世のゲーム知識と合わせて話して良いこと悪いこと、ついつい混同したり忘れがちになっちゃうから気をつけないといけない。

（そもそも、ゲームが始まるちょっと前ってことで前線の兵士たちには語られていないけど戦争も終局を迎えていて、それで今は情勢が落ち着いているんだよね……）

普通だったら終局で負けが濃厚の我がオーベルージュ王国がなんで今、穏やかなのかって話。

ただその理由や、他国が攻めてくる理由、その他諸々上の人たちが隠している内容があれこれあるわけですよ。

私がポロッとそれを口にしたらそれはもう大変なことになってしまうので、人一倍気をつけねばならないのだ!!

私は自他共に認めるうっかりさんだからね！

自慢にならないって？　ほっとけ。

「ええとですね、守秘義務があるところは話せないのですが……聖女は、昇級試験を受けた神官の最終資格になります。下級から始まり中級、上級、特級を経て聖女となるのですが、基本的に試験は全ての神官が必ず毎年受けないといけません」

「……それは知っている」

「そうですね、それは公《おおやけ》にされていますしね。ただ、下級神官が聖女になる確率はほぼないに等しく、また、貴族位の神官は中級からのスタートとなることは？」

「……それも知っている」

「では話が早い」

にこりと私は笑った。

そして、荷物を指さして私はアドルフさんを見つめた。

「私は、前線経験があります。……つまり、下級神官から成り上がった聖女です」

「!?」

そう。この世界は、決して優しくなんてない。

いやもう、ゲームそのものがそういう世界観だったから仕方ないんだけどね!!

ぶっちゃけ下級神官は前線に行くから生還率も低けりゃ日頃のストレスからリタイアしていく人間がほとんどなので、『聖女』になれるのはほぼ中流・上流階級の出身者。

聖女は数少ないからこそ、どこぞの姫君だって話題はよくある話。

だからこそアドルフさんも私がそうだと思っていたはず。

それなのに私の荷物があまりにも少なくて、驚いたってわけだ。

しかも下級神官からの成り上がりってことで二度びっくりって寸法よ！

まあ軍部と教会でそこんとこを情報共有してないから、アドルフさん含め多くの人が『聖女』ってのは中流階級以上出身の女性神官だって認識していても仕方ない。

そういう立場の人たちだと彼らは思っているからこそ、平民の中でも下級層、命がけの仕事以外ないって立場の人が集まる第五部隊など高貴な人たちが結婚相手に選ぶはずがない、自分たちは選ばれないに決まっている……って思ってるんだから、私に対して疑惑を持ってもしゃーない。

しゃーないけど、私はその世界に生きている人たちに寄り添える、そんな『聖女』になりたくて努力した。正確には第五部隊と、アドルフさんのためだけに。

（……まあ、実力は聖女の中でも下の下だってことは、今は言わないでおこうかなー……）

若干保身に走るけど、努力はするよ！

「まずはお互い、婚姻生活を円満に過ごすためにも相互理解が必要だと思うんですよね！」

私が朗らかにそう言えば、アドルフさんがあからさまに嫌そうな顔をした。

ええー、そんな顔されたら傷ついちゃう。

でも眉間に皺を寄せた姿も素敵！

どんな姿も素敵だから困るな、さすが推し!!

「まあまあ、そう嫌そうな顔をなさらないで」

「……これが通常だ」

「まあ、そうなんですか？　……とりあえず、寝室は別で。新婚生活の一週間はおそらく監視がついているでしょうから、当面はふりで結構ですので仲睦まじく過ごすのが良いかと思います」

「……」

アドルフさんは私の言葉に仕方がないという風にため息を一つ零して頷いた。

私たちが険悪な雰囲気になったり家から飛び出したりするようでは国家としても困るので、結婚後にはしばらく監視がつけられるのだ。秘密だけどね！

（聖女長様から聞かされた時にはビビったもんね……）

さすがに中の様子を盗聴するとかそこまではしないらしいけど。最低限のプライバシーを守ってくれてはいるらしい。

最低限とは。むしろこっち見んな。

新婚夫婦を見張る同僚の気持ちにもなれよ!!

私としては余計なことに人員割いてんなよって上層部に対して思ってる。

まったく、無駄なことにばっかり力を入れるから衰退するんだよ!!

「それでは改めて自己紹介をさせていただきます。私の名前はイリステラ。イリステラ・ミュラーとなりましたが旧姓はカルデラです。救済院のある地域の名前から姓をつけられました」

「……救済院」

私の言葉にぴくりと反応を返すアドルフさんのその感情は、いったい何だろう。

憐憫だろうか、興味だろうか。

それとも出自が彼と同じということで、少しは警戒心を解いてくれたのだろうか。

いずれにせよ、まだ彼の私を見る目にはなんの温度も浮かんではいない。

「私が第五部隊を選んだ理由と、貴方を伴侶にと望んだ理由は、先ほども申し上げたように下級神官であったことに理由があります」

「……何？」

「かつて私は、貴方たち第五部隊の活躍により救われたことがあります」

「……それは、他の部隊でも同じだろう」

「まあ、そうなんですけどね」

いいや、一応同調はしたけど、実際には違う。

他の獣神部隊は活躍なんてしていなかった。あの日のことを、私は忘れない。

あの日、窮地を救ってくれたのは……泥まみれのまま死ぬことを覚悟した私の目の前で敵をなぎ払ったのは紛れもなくこの人だった。

私の脳裏に焼き付いて離れない、あの戦場を駆け抜けた一匹の狼を。

「それでも私は、私の癒やしの力を獣神部隊に使うなら、貴方と第五部隊に捧げたい」

これは、私の心からの言葉。

それが伝わったのだろう、アドルフさんは驚いたように私を見ていた。

「……他にもいろいろお話ししたいことがありますが、一旦お互いに荷物を片付けましょうか。二階の、あちらの部屋をいただきますね」

「ああ……」

でもね、推しと打ち解けたいし幸せにしたいけど、今のところ私の事情で一方的に関係を押し付けちゃってるからね!!

打ち解けるためには対話が必要だと思う。

だけど、いきなりほぼ初対面で結婚しなきゃいけなくて、その日のうちに新居に放り込まれた状態でこんな真面目な話を立ったまましちゃうだなんて私ったら気が利かない!!

こんなんでは新妻としてさっそく愛想を尽かされてしまうではないか。

(頑張るのよイリステラ。まだ結婚初日、焦っちゃだめだ!)

推しが目の前にいる興奮でちょっとばかり気持ちが急《せ》いてしまった。

アドルフさんを幸せにするのが目標なのに、自分が幸せに浸ってどうする!!

まずは自分の方が荷物も少ないのだし、ここはとっとと荷物を部屋に放り込んでコーヒーを二人分淹れて、ゆっくりお話しできる雰囲気作りから始めるべきだ。

なけなしの女子力アピールから始めよう。

とりあえず何か行動を起こさなきゃ始まらないのだから!!

★　★　★

というわけで孤独な脳内会議を終えた私は、コーヒーを準備して食卓の前で待ってみた。

そういや待ち合わせしたわけでもなんでもないわ、一旦荷物を片付けてから話の続きを……って提案しただけだから、今日じゃなくてもいいんだよね！

アドルフさんが部屋から出てこないって可能性も大じゃん……。

（あれ、初手から詰んでない？）

Q．アドルフさんにどうやったら私という存在について興味を持ってもらえますか？
A．とりあえずなんでもいいから好印象を持たせるところから始めましょう。

そんなシミュレーションをしながらコーヒーを準備した私のこの空回り具合よ!!

（くっ……いや、まだ始まったばかりよ。挫《くじ》けるなイリステラ！）

とりあえず気持ちを落ち着けるためにも台所のチェックでもしよう。

コーヒーについては決して無駄にはならない。後でも飲める。

いやでも同じ屋根の下でこれから暮らさなくちゃいけないんだし、話し合いは後回しにしていいことなんてない。監視だっているわけだし。

（そうよ、来てくれる可能性だって捨てちゃいけない。みっともない姿は見せられないから、台所をチェックしている間も聖女らしく振る舞っておこう）

とりあえず何をするにも優雅にってのがその『聖女らしく』らしい。

正直その考えがよくわかんないし私がそれに該当しているのかは怪しいところだが、ちょっとでもアドルフさんにいい印象を与えられるなら頑張るよ！

（『ふり』でいいからそれなりに仲良く暮らしているところを見せなきゃいけないことには同意してくれたんだし、きっと話し合い自体は必要なことだと認識しているはずだし……）

さっきの話の続きだってきっと気にしているはずだ。

その上で私に何も求めていない、愛されることを期待するなと念を押してくるに違いない。

（こういうことは最初が肝心って言うし！）

よくわかんないけど夫婦関係は最初の話し合いが大事だって聖女長様が言ってた!!

別にね、愛せない宣言されてもいいのよ。

そこについては否やを唱えるわけじゃない。私が求めているのはアドルフさんの幸せであってそれ以上でもそれ以下でもないのだ。

いや、愛ある夫婦に憧れがないわけじゃなくてね？

第一に考えるべきなのがアドルフさんの幸せってだけで。

（しかし……推しと一つ屋根の下か……！）

おっと変な笑い声が出る前に自重自重。

それよりも何よりも、どうやったら私がアドルフさんに信頼してもらえるのかって点だよね。

まずは本来の聖女としての能力がどう役立つのかアピールしなくちゃならないわけだけど……。

(ゲーム上のアドルフさんは部下想いだった。それはきっとこの現実世界でも同じはず)

私が聖女として部隊全体の役に立つと証明できれば、そこから信頼を勝ち得ることができるに違いない。そうなれば自分自身も幸せになれる。

ずるいと言うことなかれ！　私だって必死なのだ。

まずはアドルフさんに嫌われないことを第一目標に掲げて何が悪い。

だって考えてもみてよ。

推しぞ？　一緒に暮らす推しが夫ぞ？

尽くしたいし拝みたいしできれば生活圏内でいろんな表情をこの目に焼き付けたいでしょ？

可能ならば会話もしたいしゲーム内では語られなかった表情とか好きな料理とか季節とか知りたいし、甘い微笑みなんて贅沢は言わないから優しい言葉の一つをくれたら一生の宝物にしますって勢いだ。なんなら掃除・洗濯・食事の仕度、部隊の書類作業から繕い物までなんでもござれで尽くす気満々なんですけどね!!

しょっぱなからそれを言ったらドン引きされるって理解してる。

でもできないよりは断然いいと思うんだ。

(下級神官時代は苦行だと思ったけど、いつか役に立つと信じて頑張ったんだから……！)

そう……私はこう見えていろんな経験を積んでいる。

実際、部隊のために役に立つはずなんだけど、その培《つちか》ったスキルだってまずは相手に信頼されなきゃ披露する場面に至らないわけですよ。

一年の猶予、それを長いと捉えるか短いと捉えるかは人それぞれだろうけど……。

正直、私にとっては短い。

(だって推しと過ごす一年なんてあっという間じゃんかーーー!!)

足りないでしょ。

圧倒的に足りないでしょ!!

なんだったらこっちは推しが生まれた瞬間から崇め奉りたい勢いなんだけど!?

さすがに私が年下なので誕生の瞬間を目に焼き付けるなんて神の所業は無理だけど、それなら推しが健やかに生きて歳を重ねていくその瞬間を毎秒毎分脳内フィルターに焼き付けたい。

推しの尊さは筆舌に尽くしがたいものなのだよ!!

言ってることが若干ヤバいことは自覚しているが、そのくらい私にとってアドルフさんは特別なのだ。前世の推しってだけでもすごいアツいんだけど、この世界で『あ、死ぬな』って思った瞬間を救われたあの時から私の中でアドルフさんはアドルフさんなのだ。

何を言っているかわからないって?

わかんなくていいよ、とりあえず私がアドルフさん大好きってだけの話。

(……あの人が、幸せになってくれたら嬉しい)

名前も知らない下級神官のことなんて、彼が覚えているはずもないことはわかっている。

戦場では常に誰かが生き残り、誰かが死ぬのだ。

いちいち一人一人を覚えていては、心が保たない。それに彼にとって私は、たまたまそこに居合わせたってだけの存在なのだから当然だ。

(それでもいい)

私だけじゃなくて、あの時あの場所で死ぬかもって思った人たちの中に鮮烈な印象を残した第五部隊とアドルフさんの雄姿は、今も私の中で宝物だ。

(尽くせるだけでも幸せなんだよなあ)

これから一つ屋根の下で暮らして生活を支えることができるだなんて幸せ以外の何物でもないよねえ、さっそく今日の晩ご飯から張り切っちゃうぞ!

「あ、食料品は結構充実してるな……多分これ買い物に行かせない気だな?」

富裕層の一軒家と同じ造りをしているこの家は、国からの支給品だ。

私たちの結婚に際し、最低限の祝いとして食料品や家具といったものは既に準備されている。

義務として結婚する聖女と騎士に対するせめてもの……と言うと聞こえはいいけれど、実のところいつでもお前らのことを監視しているぞって示唆しているのだ。

(聖女ってのがいかに特殊かってのを身を以て感じるよねえ。知ってるけど)

まったく便利アイテムよろしく神官時代からこき使いおってからに。

ただこの利用価値こそが、アドルフさんに『私』を売り込める唯一の利点でもあるのだ……!!

「……待たせたか」

私が家の中、特に台所を中心にチェックしていると二階からアドルフさんが顔を覗かせた。

推しが！　私と話をするために来てくれたー!!

階段を下りてくるアドルフさん、ちょっとラフな格好になって袖をまくりながらとか……ご褒美タイムですか、ありがとうございますー！

「いいえ、私が台所を確認したかっただけですので！　……あの、コーヒーはブラックで良かったですか？　お砂糖とミルクも必要でしたら」

「……ブラックでいい」

コーヒーの香りにふっと目元を和らげて笑うの、本当に推せる。可愛い。

ブラックコーヒーがお好きなんですね！　記憶しました。

これからは毎朝私がアドルフさんのためにコーヒーを豆から！　準備しますよ!!

ってこの世界、豆を挽かなきゃコーヒー飲めないんだけども。

ただそのコツはすでに習得済みよ！

聖女の中には味にうるさい貴族出身の人がいて、教えてもらうっていうかパシられた経験もあるから自信があるよ……!!

さっそく推しに尽くせるポイントを見つけてとっても嬉しい。

「どうぞ」

「ありがとう」

やーん、律儀にコーヒーのお礼を言う推し、もう推せるでしょ。推してるけども。

愛のない結婚を強いられた上に話し合いなんて面倒くさいことをしなきゃいけないのに、わざわざお礼まで言ってくれるんだよ!?

はー、アドルフさんったら大人……大人の魅力……しゅき。

「……単刀直入に聞こう。聖女は何故、我々と共にある？」

「軍部では説明されていないのですか？」

「……第一部隊はされているだろうが、第五部隊にはされていない」

「ええ!?」

そいつぁこっちも初耳だな!!

いくら切り捨てていい平民だけの部隊だからってその扱いはないわー。

まあ聖女たちも第五部隊は選ばないとお偉方が考えているのが明け透けに見えて、嫌な感じだ。

（実際、その通りなんだけどさ……）

なんせ聖女にとって教会の一員でありながら軍に所属しなければならない上、この『結婚相手』の選択が自分の命運を分けるものである以上、どうしても第五部隊には難がある。

勿論、それは部隊によって行かされる戦場の危険度ってものがあるからなんだけど……。

「ええと、では……聖女が何故、獣神部隊の隊員と婚姻を義務づけられているかについてお話ししたいなと思うんですが……それには、獣化が関係しています」

「……獣化が？」

私たち……つまりこの国、オーベルージュの民は――かつて〝獣人〟と呼ばれた民の末裔だ。

今でこそただの人となんら変わらない姿だけれど、歴史を紐解けばケモナーが泣いて喜ぶ獣人姿だったことがわかる。二足歩行の獣が服を着て歩いているような姿だった。

どうして今現在のような人の姿になったのか、その原因は解明されていないけれど……私たちは確実にその遺伝子を継いでいる。

何故なら、国民は、生まれながらに獣化――つまり祖先と同じ姿になることができるのだ。

獣化するとその能力値は三倍、人によっては五倍以上となる。

代わりにその状態は保って数十分であり、そして人生において獣化することができる回数が定められているという。正確な数はわからない。個体差とだけ。

で、一定回数を超えると、暴走して死を迎えるか、あるいはそのまま死ぬかである。

要するにロシアンルーレットなドーピング能力って認識でいいと思う。

「というのがまあ、ご存じの通り一般的な獣化の話です」

「……そうだな」

食卓を挟んで、アドルフさんが真向かいにいる。

真面目に私の話を聞いて頷いてくれるその姿に、私の脳内シャッターは大忙しだ。

「これもご存じでしょうが、治癒能力を持つ人間は獣化ができません」

「ああ」

「技能検定を受け、治癒能力が確認された子供は俗世から離れ教会に所属することとなり、神官となります。そして日々、女神に祈りを捧げ毎年必ず昇格試験を受けます」

「……ああ」

まあ、それは当然ながら表向きの話。

祈りを捧げる純真さがあれば能力が高まる……なんてことも言われているけど、実際にはゲームと同じで能力を使いまくったら伸びることもある。

そもそも潜在的な能力値の問題なので、実質的なレベルアップとかそういう問題じゃないんだよね……ほら、下級神官なんて前線駆け回って心身共にボロボロだからもうね、生きるだけで精一杯だったもん。

でも生き残ってるメンバーってのは当然、それだけの技術？　運？　そういうものが備わっていると考えられているから、もしかしたらそこに才能のある人間がいるかもしれないでしょう？

そういう意味で『全ての神官が』試験を受けることを義務づけられているのだ！

ちなみに『聖女』って言われるだけあって神官になる人の九割が女性だ。

これは不思議なことに治癒能力の発現が女性に限られているからなんだけど、教会としてはその門戸を性別で区切っていないから男性神官も勿論いるんだよ！　これテストに出るよ!!

慣例として男性神官が神官長になるとか、その任命権は教会にあるけど王族にも発言権があるとかそのあたりについてはブラックボックスだけどね！

「建前はさておき、聖女になるには複雑な手順、自身の限界、神への献身、その他、そして諸々ある規約をいかに学んでいるかが重視されています」

「……規約？」

「はい」

そう、聖女になるには要するに試験を受けて合格すればいい。

ここで最初の問題に戻る。

聖女は何故、獣神部隊の人間と結びつけられるのか。

(規約には、結婚した相手と信頼関係を築けた場合のみ秘密を明かすことを許すとされていたけど……アドルフさんに話して信じてもらえるだろうか？　いや、話さなくちゃ)

「……イリステラ？」

「獣化による暴走は、魂の疲弊によるものです」

獣化は、諸刃の剣だ。

超人的な能力を得る代わりに、正気と生命が失われていく。

ただそれを担保に戦争では負け知らず。それがこの国の戦い方だった。

消耗する戦いではあるけれど、十対十が十対一で済むならば……っていう嫌な考え方だ。

そんな中、いつしか獣化できない人間が生まれ始めた。

そして獣化できない人間は何故か誰かを癒やす力を持って生まれたのである。

獣化して国を護る兵士だって、正気を失って同胞に殺されるか心臓発作で死ぬかなんて道は選びたくないに決まっている。

どうせだったら人のまま生きて、人のまま死にたいと思うのは普通のことだ。

獣神部隊は、それを厭わない者で構成されている。

彼らがそうまでして身を挺する理由は愛国心ではない。お給料の問題だ。

（……少なくとも、第五部隊はそういう設定だったはず）

まあそれはともかく、戦争が長引けば当然ながら獣化して戦ったとしても兵士は減っていく。

十対一で済ませたところで、永劫に勝てるわけじゃない。

しかも獣化はリスクのある手段。

下手をすれば正気を失った超人的な能力を発揮するまさしく獣《けだもの》と化した兵士によって同胞がやられてしまう可能性もあるのだ。

そんな中、治癒能力を持つ人間が現れたことは国にとって僥倖だった。

加えて熟練者になると、身体的な傷を癒やすだけに留まらずなんと魂を癒やし、獣化した人間をより長く戦いの場へ送り出すことができたのだ。

国はその事実を知って、喜んだ。

治癒能力を持つ人間は身分関係なく教会所属としつつも軍に協力させ、下級神官は前線で、中級神官は各地の教会で、そして上級神官は王城付近で兵士を癒やす役目を担った。

他宗教を崇める人口の多いリンドーンに侵略されれば教会も教義を守っていけないと国家に協力を惜しまない。こうして、今の体制の基礎ができたのだ。

獣化せずともいいと上からお達しを受け前線で戦い傷ついた兵士たちを、神官たちは日々癒やした。戦っても戦ってもオーベルージュの兵士が戻ってくるのだ、敵からしてみればたまったもんじゃないだろう。

といっても、兵士も下級神官も同じ気持ちだったけどね。傷つこうがなんだろうが戦いに戻れ、戻すために命を削ってでも癒やせ、なんてやってらんないよ。

そこに拒否権なんてものはない。

でも、戦争中だし国民同士の助け合いなんだから仕方がないってことでみんな文句を言わない。言えないだけだけど。

そしてそこまでは、誰もが知っている話でもある。

「聖女の規約には、表立って言ってはいけない内容があるのです。特別な術があるから」

「……特別な、術？」

「そうです」

このことを秘密にする理由は国が聖女を利用するためであり、そして聖女たちが自分たちを守るためのものでもある。

だからこそ、私はアドルフさんに話すのだ。

心臓がバクバクする。彼が信じてくれなかったらどうしよう。

「……聖女は、獣化で疲弊した魂を癒やす唯一の術を扱える存在なのです」

「なんだって……!?」

息をするのも忘れてジッと見つめてくるアドルフさんの姿に思わずドキッとしたのは内緒だ。

冷静に、そう冷静になるのよ私。

(いやーん男前ェェ!)

はっ、いけないいけない、見惚れている場合ではなかった。

でも見惚れずにはいられない! さすがは推し……。

「聖女に求められるのは、治癒能力を細やかに使える技能と、知識です。そのために下級神官では経験が足りず、また平民出身者の中でも貧困層が多いため……教養の点でも中流階級より上の出自である神官たちに劣るのが現状です」

教会に集められた子供たちは、最低限の教育を施される。

けどまあ、本当にぶっちゃけ、読み書きができる程度の最低限だ。

何故なら今は戦争真っ最中なので前線では常に下級神官を求めているからね!

つまり下級神官からのし上がるには、自力で勉強をしなくちゃいけないわけだけど……そんな余裕もないまま戦場に駆り出されて、回復回復また回復と治癒能力を酷使される日々なのだ。

（宿舎にはほぼ寝に帰る状態、まさしくブラックな職場環境なのが下級神官ね！）

ハハッ、笑えなぁい。

それに比べると中級神官……つまりまあ、中流階級の方々から上の人ってのは、元からある程度の教養がある。要するに富裕層だから教育は大前提。

その上、各家庭から教会に対する寄進などが行われるので大切にされるのだ。

そのためいきなり戦場ってこともなく、割と安全地帯に配置されるか、高位貴族のところに控える神官として配属されるのだ。

要は金と身分が物を言う。

だから下級神官が聖女になることは稀なのだ。

能力を使いすぎて出涸らしになって辞めるか、死ぬか。

あとはあまり例を見ないけど、結婚を機に退職が認められるかだけど……過去の例を見る限り、ほとんどの神官たちは結婚したとしても働かされたって話だ。世知辛い。

私？　私は前世の知識と、第五部隊とアドルフさんへの想いがあったからね！

死ぬ気で勉強もしたし先輩神官たちに協力をお願いしたしパシられたし貢《みつ》いだし!!

散々な目にはこれでもかってくらい遭ってきたけどおかげで教養と根性を身に付けたよ!!

「ですからまあ、試験を通っておりますので私も聖女として正しくその知識と技術があります。下級神官出身とはいえ、その点はご心配には及びません」

「……そうか」

「話を戻しますが、何故獣化を繰り返すと私たちは正気を失うのか。それは魂が削れていくからだと聖女たちは伝え聞いております」

「……魂が、削れていく」

「そしてその魂を癒やす術は、誰彼構わず使うわけにはいかず、相応《ふさわ》しい人間を選定し行使するべきであると定められています」

「何故だ」

静かに問うアドルフさんの目が怒りを滲ませている。

それを見て私は悲しくなった。

別に叱られて怖いとか、アドルフさんに睨まれて悲しくなったわけじゃないよ!?

むしろ推しのいろんな表情を見れて私は幸せです!!

……というのはともかくとして。

彼は、これまで部下たちを……国から使い捨てられる獣化で暴走にまで至った人たちを、幾人も見てきたのだ。だから私の話す内容を正しく理解して、腹を立てている。

私にではなく、国に。そして教会に。

聖女たちにそれを救う力があるなら、何故もっと早くから行動しないのか、何故その力を広めて救わないのかと言いたいのだろう。

言葉が足りないだけで、優しい人。だって私に怒りをぶつけないいんだよ!?

ここまでの彼の人生を振り返るに八つ当たりの一つや二つ、なんなら千個くらいしてもおかしくないのにさあ！

ああーーー推せる。なんて素敵なの!!

「魂を癒やす術は、扱いを間違えると術者が死ぬのです。術者が死ねば回復できたはずの人に影響が及びましょう。だからこそ、選定が必要なのです」

正しく使え、正しく篩《ふる》え。

聖女はそれを常に求められる。

救うべき兵士が百人いても、全てを癒やすには追いつかない。

だけれど、後ろに控える万の民のために、その百人の中から民の盾となる戦士を選び、百に足る兵士として前線に戻せと……教わるのだ。

要するに弱い兵士は見捨てて、強い兵士を獣化させて繰り返し戦わせた方が効率がいいってだけの話だ。酷い言い様だけど、合理的だとは思う。

戦況をひっくり返すことだってできる、それだけの力が獣化にはあるのだから。

聖女が魂を回復するには、聖女にだってリスクがある。

限界点に達する前に効率的に癒やしていかなければならない。

「不満も、悲しみもあるでしょう。だからこそ、それを分かち合うべく獣化して戦う獣神部隊の兵士と聖女は結婚させられるのです」

獣化して戦う戦士と、それを癒やす聖女と。

両方が、互いを支え合いながら互いを枷《かせ》として国に繋がれる。

せめてもの慰めとして、聖女には相手を選ぶ権利が与えられるのだ。

(酷い話)

互いを守る盾となるために、そうせざるを得ないから。

そんな関係だからこそ、愛が生まれたケースはごく稀だ。

だからこそ一年我慢すれば離婚の申請ができるという機会を設けているのだ。

ただ、私が知る限りその申請書を通すのも大変みたいだけどね……。

とりあえず一年だけでも獣化した兵士が戦ってくれるなら国としては助かるってこと。

「第五部隊を選んだのは、私の意思。アドルフさんを夫にと願ったのは、私の本心です」

彼に愛がないことなんて、百も承知だ。

愛せないと宣言されたって、傷つかない。

(……嘘、少し辛い)

でも、私は心の底からアドルフさんを推しているのだ。

そして第五部隊のことも箱推《はこお》ししているので、聖女として尽くすこのチャンス、逃してなるものかって話だったんですよ！

アドルフさんが、静かにため息を吐いた。

きっと私の言った内容を今、頭の中で精査しているんだろう。

どこまでが本当で、どこまでが嘘なのか……って私はアドルフさんに嘘は言っていないけどね！

さすがにいっぺんに話すのは無理があるって思うので、とりあえず事実だけを述べたけど……それでも情報量としてはかなり多いと思うんだ！

「そうですね、いろいろと思うところはあるかと思いますが……もしよろしければ、アドルフさんのことを治癒してみても？」

「……？　俺は先の戦いで怪我をしていない」

「いいえ、そうではありません。戦場で獣化なさいましたね？　それも耐久時間、ぎりぎりまで」

ハッとした顔をするアドルフさん。

そう、私は言った。

聖女は獣化によって疲弊した〝魂を〟治癒するのだ。

つまり、その人の魂がどれだけ疲弊しているのか視ることもできる、と言える。

実際のところ能力の高い聖女はそれができるらしくて、そのせいで心を病《や》んでしまうこともあるって聞いたことがあるけど……そういう意味での私は、能力面においてからっきしである。

言っただろう、底辺聖女だと！　全部が最低ラインでごめんね！

一応視えるし癒やせるけど、ぎりぎりのラインなんだよ……。

（くっそう、転生チートが何故私にはないんだ!!）

ゲームシステム的にチートキャラがいないからだと思うけど、それにしたって転生して知識があっても底辺中の底辺に生まれるとか転生の意味あったのかと。

地団駄を踏んだことがいったい何度あったことか……。

それでも治癒能力を持って生まれたことでアドルフさんの妻の座を一年とはいえゲットできたんだから、努力はしてみるもんである。

ちなみになんで第五部隊が箱推しかっていうと、死を覚悟したあの戦場で、獣化したアドルフさんが現われて敵を一掃。

まずそこで前世の推しを目にしたことで感激して惚れる。うん推せる。

で、その後に登場した獣化していない第五部隊の人たちが、私たち負傷兵を抱えて下がらせてくれたのだ。

その時、私たちはとんでもなく汚れていたと思う。

死にかけで、何日もお風呂に入ってなくて、血と泥にまみれてガリッガリで。

そんな私たちを助けて、抱えて、彼らは言ったのだ。

『間に合って良かった。見てな、隊長と俺らがこの戦況をひっくり返してやるからさ！』

『生きていてくださって本当に良かったです。後は、お任せくださいね』

『こっから先は引き受けた！　あんたたちは休んでな！』

口々にそう言って笑ってくれたあの人たちの笑顔を、私は忘れない。

汚いはずの私たちの肩を抱いて、励まして、笑いかけてくれたんだよ？

そんなん惚れるしかないやろー!!　推すしかないじゃん。

ゲームの中では時々主人公が会話していたキャラだったかもしれないんだけど、あの時の私は衰弱していてそれどころじゃなかった。目だって碌に開けられなかった。

でも朧気《おぼろげ》ながらに見たあの笑顔を、励ましてくれたあの声を、決して忘れられるものじゃない。

というか、絶対忘れない。

(推すしかないでしょ、誰だよ死神部隊とか呼んで嫌った聖女！)

そこに正座だ正座。

いや嘘ですゴメンナサイ。

魂の衰弱とかそういうのを視る方法を学んでから、彼らを癒やすことは同時に自分を衰弱させることでもあると知ってしまった。それを知ってしまったら、聖女たちが彼らを恐れる理由も理解できてしまったので責める気持ちはもうない。

(やっぱり何の情もないのに『聖女になりまァす!!』なんて言えないよね)

ただ、私はアドルフさん推しだし第五部隊推しなんで自分を衰弱させるとか言われても別に躊躇わないですけど。何か。

推しに尽くせるチャンスやぞ!?

「実際にアドルフさんが私の治癒を体感してみて、私が部隊のためになる人間かどうか判断していただければと思います」

「お前は……いや、いい。わかった。俺はどうすればいい?」

「そのまま座っていただければ。……肩に触れてもよろしいですか?」

「……ああ」

ぎゃー推しに! 触っちゃうよ!!

許可をもらったんでこれは違法ではありません。

肩に触るだけなら違法じゃないって突っ込まれそうだけど、推しに触るんだぞ? 推しだぞ?

課金は労働力でしか今のところできないのが惜しまれる。

(あ、やば、髪の毛綺麗……背後に回ったから顔が見れないのは寂しいけどやっぱぁ鼻血出ないように気合い入れないとこれはあかん)

そうっと、そうっとね。

推しに触れるんだから神聖なものに触れる気持ちでいかないと! 気張るんだよ私!!

気を抜いたら緩みそうだし鼻息荒くなってないよな? 大丈夫?

触れた肩はがっしりしてた。うはぁ、細身に見えてやっぱり鍛えてらっしゃる……やだ素敵……。

「……おい、どうかしたのか」

「はっ、いいえ！　それでは始めますね」

いけないいけない、思わず堪能しそうになった。

結婚したとはいえ仮初《かりそ》めの関係。しかも初日。

愛せないって宣言されているから、当面別の部屋。

同じ屋根の下に暮らす、同居人くらいの感じに思われているんだろう。

だからこうした触れ合いは、彼にとって義務みたいなもののはずだ。今のところ。

（でもこうやって治療していけば……）

聖女の魂の治癒というのは不思議なもので、聖女の気持ちに左右されるらしい。

他にもいる先輩たちだって聖女になるくらいの人たちだ、当然だけどほとんどの人が献身の心を持っているけど……それでもやっぱり人間だもの、好き嫌いはどうしたって発生する。

想いの強さが強ければ強いほど、その〝祈り〟は対象である治癒される側の人間に留まり、周囲のことも癒やすとかなんとか説明を受けた。

それでもそれはよっぽど相手に対して気持ちがないと……って話らしい。

でもね、私は気づいたのよ。

ゲームシステム的に言うと、絆値《きずな》ってやつだと思うんだよね！

これは女主人公の場合、その絆値を上げた相手はぐんと回復量が上がるのだ。そしてその絆値が高い相手の周囲にいるプレイヤーにも回復のバフがつくというおまけ付き。

ちなみに男主人公の場合、戦場での支援効果などが発生する。そしてランダムで絆値の高い仲間と共に戦闘開始時に攻撃力アップのバフが発動するのだ！

あれにはプレイ中萌えたし助けられたよ……。

（多分聖女教育で言っていた想いの強さってのは絆値のことに違いない！）

だからそれを聞いた時、私は心の中で叫んだよね。

アドルフさんに対する私の気持ち舐めんなコラァ!!　とね……ふふふ。

彼との間に絆がなくとも私には推し活すると決めたこの心がある!!

まあそれはともかく、私の想いの強さとやらはおそらく天下一品なので、アドルフさんを治癒すると必然的にアドルフさんを中心にしている第五部隊への回復効率も高まるはずなのだ。

でもこれ治癒される側からの気持ちも必要だってんなら詰んでるけど。

いやそこは愛の力でカバーできてほしいものである。こちらからの一方的なものだけど。

たとえカバーできなくても、治癒は続けるけどな！

少なくともこの治癒によってアドルフさんが少しでも楽になってくれるなら、それでいい。

第五部隊の人たちに関しては対策が必要になるかもしれないから、それについても私が努力を重ねればいいだけだ。これまでと同じ。

推しが元気になれるんなら私は喜んで尽くします!!

「……どうでしょう？」

「驚いたな」

ふうっと詰めていた息を吐き出す。

魂を治癒する術は、かなり繊細な力加減が必要で神経が疲れる作業。

この感覚は、治癒魔法をかける側と受ける側ではかなり違うって話だ。

（アドルフさんが少しでも気分が良くなったなら、嬉しいな……）

昔下級神官だった頃に聞いた話だと、じんわり患部が温まっていく感じで気持ち良かったらしいけど……カイロか何かかな？

ちなみに私たち神官は、自分が怪我を負っても治癒の力を使うことは禁じられている。

下級神官時代は痛み止めを飲んで耐えたり、神官同士でお互いに包帯を巻いたものさ……。

私たちの治癒は、全て兵士のためのもの。

だから兵士は神官を守らなければならないとされている。

まあそんな特殊能力を宿した人材がたくさんいるからこそ、他国はこの国に対して人的資源を求めて戦争をふっかけてきているんだけどね。

まったくとんでもない話だぜ……。いい迷惑だ!!

（しっかしアドルフさんの治療はごっそり持ってかれた感がある……その割にあんまり回復してないのはなんで？　いや元々のダメージが酷すぎたんだな……よく暴走しないもんだよ）

暴走するまでのリミットは人によって異なるというけれど、これは酷い。

そこんとこはゲームでも語られていなかったのでよくわからないけど、私が現実世界で知りうる限りの患者の中でもこんなにボロボロな人は見たことがない。

(相当我慢強いのか、あるいは精神力の問題なのか……)

私はアドルフさんを見る。

少なくとも、疲弊していた色は和らいでいるようだ。

「ご気分はどうですか？」

「……とてもいい。ありがとう」

「良かった」

薄くでもいい。笑ってくれた。

それが心底嬉しくて、私も笑う。

「とりあえず私の能力は今実感していただいたとおりです。ですが、聖女の『魂を癒やす術』は普通の治癒と違って疲労が強く、連続ではできません」

「だろうな」

私の言葉に頷きながらも手を握ったり開いたり感触を確かめているアドルフさん。

獣化できない私としては、どんな風に感じているのかわからないけれど……表情が大分和らいでいる推しのそんな姿を見ると嬉しくてたまらない。

「とりあえずはこの新婚休暇の一週間、アドルフさんを毎日治癒させていただけたらと思うんですけど……相当お疲れですよ？」

「そうか」

「はい」

新婚なんだよなあ。言葉にしてみると感動もひとしおだ。

といっても全然新婚って感じはしませんけども。

でも一応書類上は推しと！　夫婦！　だからね!!

「一緒に暮らす上で、気をつけてほしいところなどあったら教えていただけますか？」

「……気をつけてほしい、ところ？」

「はい！　アドルフさんは普段から隊長職ということもあり責任がありますし、きっとお疲れのことと思います。だから私が家事全般をやろうと思うんですが、部屋を掃除されたくないとか食べ物でこれは食べられないとかがあったら先に教えておいていただけたらと……！」

私は握りこぶしを作ってここぞとばかりにアピールしてみた。

だって推しぞ？　推しに家事をやらせるなんて一緒に暮らせる上で、ないわ。

尽くしたいタイプの私からしてみたら推しのために家事をやらせていただけるなんてこれ以上ない喜びだわ。だからといってその考えを押し付けるなんて以ての外なので、自分でやりたいってところは極力ノータッチの姿勢だよ！

推しの考えを尊重できる人間でありたい！

いずれは隊長職のアドルフさんを補佐する秘書官的なことも行いたいけど、そこは信頼されてからだよね……勿論、隊のみなさんとも仲良くなりたい。

(あの時優しく声をかけてくれた女の子たちとも仲良くなれたら嬉しいなあ、聖女同士って何気に仲良くはないのよね)

多少は話すけど……ほら、私の場合は身分差もあるし。

下級神官だった頃の知り合いも、実を言うとそんなにいない。嫌われてたわけじゃないよ！

なんせ、みんな知り合ってもすぐに各地の前線に飛ばされちゃうからさ……。

お互い仲良くなる前にあちこち行かされて、そのまま会えないなんてザラだ。

「……家事は互いにやればいい。アンタこそ、食べられないものとかはないのか」

「特にありません」

好き嫌い？　この世界に来て生き抜いてきた私はそんなことを言ってられなかったので、腐った食材以外ならなんでも食べるよ！

(まあできたら美味しい料理がいいけど……)

でもね！　推しが作ってくれるなら丸焦げでも食べます!!

思わずニコニコしてしまえば、怪訝そうな顔をされてしまった。

まあしょうがないよね……実質顔合わせ初日ですもんね。

不審者な妻ですみません！　でも推してます！

（推しの生活を現実に、お金の力じゃなくて自分の手で支えられるなんて……最高じゃん……!!）

前世は、推しがいたから苦しい生活も耐えられた。

今世も、推しがいたから私は生きている。比喩表現ではなく。

推しはいつだって私を救ってくれる。

でも、もし……もし、少しだけ我が儘を言っていいのなら。

「そのうちでいいですから私のことも名前で呼んでくださいね。アドルフさん！」

幕間　何かが変わる予感がした

（……妙な女だ）

死神と呼ばれる第五部隊。

俺たちの部隊は、残念ながら死亡する率が高い。

それでも、志願する兵士は絶えない。それだけ給金が良いからだ。

この戦争で親を失った者、職を失った者、生きるために兵士にならざるを得ない人間はそれこそ掃いて捨てるほど存在する。

生きるために稼ぐ、そのために命をかけなければならない。

（……嫌な生き方だな）

俺は裕福ではなくとも善良な両親の下に生まれた。しかし生まれ育った町は火に呑まれ、あちこちから聞こえてくる悲鳴と襲い来る敵兵の姿にどうして良いのかわからないまま死を覚悟した。

そこを救ってくれたのが、獣神部隊だった。

ただ救われたが、親を亡くした俺は救済院に預けられた。

戦争が憎かった。生きるのに、ただ必死だった。だから兵士になることに、躊躇いはなかった。

部下たちも、似たような境遇の者ばかり。

失う者もなく、むしろ怪我を負って働けなくなった家族を養わねばならない者もいる。

戦況によっては獣化せずに済むが、第五部隊は常に厳しい戦場に送られる。いつ暴走するか怯えながらも、この危険な能力を使い続ける部隊にいる限り高給は約束されている以上、獣神部隊に志願する者は後を絶たない。

(……俺を、俺たちを癒やしたい、か……)

平民出身の荒くれ者。ならず者となんら変わりない。

精鋭と呼ばれる獣神部隊でありながら、俺たちがそう陰で言われていることは知っている。

聖女である彼女から聞かされた内容に上手く答えられなかった俺は、少しだけ恥ずかしさを覚えていた。

戦う以外の価値を求められたことがなかったが、今まではそれでいいと思っていた。

これまであまりにも兵士たちの入れ替わりが激しいものだから、教育するだけ無駄だと軍の方でも判断されたのだと思う。そのため、礼節だの教養についてはからっきしだということは、隊長である俺を含め全員が自覚している。苦笑するしかない。

(みんな、気の良いやつらなんだが……)

貴族たちからすれば、獣神部隊として同列に扱われるのは良い気分がしないのだろう。

聖女たちは俺たちを凶暴な獣だとでも思っているのか、いつでも怯えた目で見ていた。

彼女たちも貴族出身の娘が多いことから、イリステラも同じだと思っていた。

(……魂の、疲弊か)

正直、イリステラから話された内容を全て理解したかと問われると否だ。

むしろ今までどうして隊長である俺が知らされていないのかと、腹が立つ内容だった。

(俺が、知ろうとしていなかったこともいけなかったのだろう)

だが話された内容の一つ一つには、理由がある。それは理解できた。

それでも俺たちの部隊に聖女が一人でもその慈愛を向けてくれていたら……あの時、死なないで済んだ命があったのではないか。

どうしても、そう思ってしまったのだ。

彼女にもその考えはきっと伝わっていただろうに、何も言わないでくれた。

(妙な、女だ……)

俺の妻になりたいと言って真っ向から目を合わせてきたイリステラという女性。

俺に対して好意があるようで、話を聞けばどうやら以前うちの部隊に救われた経験があるという。

同じような経緯でうちの部隊に志願した兵士もいたから、それ自体は珍しい話じゃない。

だが、彼女の場合はなんというか……あまりにも真っ直ぐな好意すぎて、俺はどうしたらいいのかわからないほどだ。

(愛せないと宣言までしたのに、どうして落胆の色一つ見せないんだ？　それなのにあんな……全

身で、好意を示すくせに）

幸か不幸か、俺はそれなりの容姿をしていた。

だから働き出した中で同じ救済院にいた女や、商売女、それ以外にも声をかけてくる連中はそれなりにいたから、寄せられる好意というものはなんとなく理解できているつもりだった。

でもイリステラが俺に向けるあの感情は、あまりにも俺が知るものと違いすぎて。

（あんな感情を、俺は知らない）

彼女の目はどこまでも俺を大切に思うような眼差しだ。

母が子を見守るような、あるいは娘が恋《こ》うる相手に向けるような、それでいて星を強請《ねだ》る子供のような。どれでもあるようで、どれとも違う。

憧れと尊敬以外にも存在する甘さがそこには滲んでいて、俺はそれを直視できない。

俺を癒やすと言って触れてきた彼女の手は、聖女という立場なのに指先があかぎれていて爪も短く切りそろえられていて……働く者の、手だった。

（俺が知る聖女たちは爪先まで彩られた美しい手で、甘ったるい匂いをまき散らす存在だったのに）

彼女のそれは、あまりにも違いすぎる。

そんな彼女が俺の妻なのだと、そう思うと何故か胸が騒いだ。

俺は誰かを愛さない。

そう、心に決めている。

だけど、そう。

結婚はしたのだから、彼女の手のあかぎれが痛そうだったから。

（……手荒れに効くクリームってやつが、売ってたな）

これはただの、同居人への思いやりだ。

そう俺は誰にともなく言い訳をして、以前部下から聞いたそのクリームを扱う店へと足を向けるのだった。

第二章　あなたと、わたし

こうして迎えた結婚生活（？）が始まって、当たり前ながら同居人からスタートな私たちに初夜なんてものはなかった。

そもそも部屋が別ですし。

あれからあっという間に休暇は終わり一ヶ月が経った。

私たちはそれなりに同居人として上手くやっていると思う。

幸いにも戦線は小康状態で獣神部隊が出撃することもないそうだ。

まあ国としてもあまり私たちを酷使しすぎて平民部隊が崩壊してしまうと、他の獣神部隊の負担が増えることに繋がるから多少はそのあたりも調整しているのだろう。

その理由も、貴族や裕福な家庭側から反発が出たら上層部が困るから、ってところか。

本当にその腐った体制、早くなんとかしてほしいもんだが……。

（……アドルフさんって欲とかなさそうなんだよなあ）

一緒に過ごしてわかったこと。

アドルフさんは寡黙だけど、別に冷たい人じゃない。知ってた。

早起きが苦手で、寝癖をつけて部屋から出てくることもある。

ハイ可愛い。

喉から顔にかけてある大きな傷や、その他にも体中に傷痕があるのは治癒の関係で拝見しました。眼福でした。うへへ。

あくまでね！　治癒のためだからね!!

で、どうやらその傷痕を見て怖がる人がいるからってことで体を覆う服を好んで着ている。

紳士か！　そんなお気遣い紳士なところも推せるポイントですよ!!

それから食事に関しては、基本的に好き嫌いはないけど猫舌。もうね、可愛いの化身かな？

重い荷物は必ず持ってくれる。スパダリかよ。

そして女性関係はどうやらまっさら。

よく兵士たちが娼館に通ったりするルートがあるんだけど、アドルフさんはむしろ避けて通るほど。……女性関係に関しては、潔癖の傾向……ってことなのかな？

うーん、ゲームじゃそこまで語られていないけど、あんだけかっこいいから女性関係は不自由してなかったと思うんだよね。

それに女性という存在を嫌っているとか、女性恐怖症ってこともないはず。

だって幼馴染の女性と結婚していたわけですし。

確かに傷痕とかあの光を失った目とか、上背がある分見下ろされるとちょっと慣れてない人からすると怖く見えちゃうかもしれないけど私からしてみればあれはもうかっこいい以外の何物でもないっていうかむしろご褒美なんだけどなあ。

（それとも、妻である私に対して一応遠慮している……とか？　まさかね、合法的に手を出していい相手なわけだし。だけどアドルフさんは紳士だから……）

まあ私も推しを幸せにしたいのであって、そこまで高望みはしていないっていうか。

一人のファンとして越えてはならない線が……いやでももしも、もしもよ？　万が一、億が一にでも推しが求めてくれたら応じる覚悟はあるけども……!!

いや、ねえな。私相手だもんな……。

清潔感は大事にしているけど痩せっぽちだし美女でもないしな……惜しい。

アドルフさんは私を愛せないと言った手前、きっと一年間は我慢するだろう。真面目な人だから。

（それとも、あれかな）

ゲーム上で見た限りは奥さんになった人のことが救済院時代から大好きで、その人以外見えてないとかそんな……？　操《みさお》を立てている……？　やだ純愛……!!

（ううーん、だとしたら私はアドルフさんのカノジョが悪の道に染まらないように気を配りつつ、二人を応援してあげるべきなのか……？）

接点ゼロからどうしろと。

いや、とりあえずはアドルフさんに健康的な生活を送ってもらって、彼を幸せにしてくれる女性を新たに探した方が建設的な気もしてきた。

そう、一緒に暮らしてわかったんだけど……いや実は最初からわかってたことではあるんだけども、アドルフさんは自分のことに関して割と無頓着だ。

ゲームでは今よりもっとやさぐれた雰囲気の立ち絵だったから、そういう感じだろうなってのはなんとなく予感してたけど……ゲーム開始の一年前でもそれかい！　可愛いね!!

でもいいの、その分は私が尽くせばいいだけの話。

むしろ、これを理由に推しに尽くしまくれるとか最高じゃない？

おはようからおやすみまでお世話させてもらえるとかご褒美以外の何物でもないんだけど！

ただまあ家事は折半でってアドルフさんに言われているし、同居初日から始めた治癒に関しては継続している。

最近では彼の私室に入ることまで許されちゃって……進歩が過ぎる。はう、推しの私室……。

ちなみに出撃がないからなのか、アドルフさんが私のことを部隊のみんなに紹介してくれたのは一度だけだった。

『第五部隊に所属となった聖女のイリステラだ。だが聖女が入隊してくれたからといって、体制を変更するつもりはない。彼女の治癒に頼ることなく任務遂行できることが望ましい。以上』

妻とは紹介されなかった。いや、高望みしちゃダメだよね。

一応、あの日の感謝は言葉にした。

『あの戦場で助けていただいた恩は忘れません。精一杯頑張ります』

その場で泣くかと思ったね、感極まっちゃってさ。

幾人かその戦場でのことを覚えていて、下級神官がイコールで私と結びつかなかったからかとても驚かれたけど……でも、お礼を言えたことは私にとってとても大きなことだった。

（一つ、夢が叶った気がする）

あの時私を励ましてくれた優しい声は支援担当のマヌエラさん。

朗らかに私の肩を抱いてくれたのは、カレンさん。

他にもみんなの名前を教えてもらって、それは全部私の宝物になった気がする。

最終的には私が泣き出してしまったのでアドルフさんによってその日は解散宣言を出されちゃったんだけど……失敗失敗。

（私はもっとみんなと話がしてみたかったんだけどね！）

その翌日からは挽回しなきゃと意気込んでみたものの、部隊の人たちと訓練や会議があるからお前は帰れって言われてボッチでおうちに帰りましたよ。

確かに訓練とかに治癒魔法を使うこともないし、頼らない前提でこれまでと同じやり方を続けるなら私はいてもいなくても同じなんだと思う。

むしろ、多分それはアドルフさんの気遣いなのだ。

その状況で疎外感を感じないようにっていうね!!

(私は気にしないけどなあ。むしろ箱推しのみんなをこの目で直接応援できるとか最高オブ最高かよって状況なんだけど！)

でもまあ、気を遣ってもらっているのに居座ったら逆に気を遣われそうなので、私としては大人しくしておくしかないでしょ。とほほ。

まあ聖女は祈りこそが訓練なので、空いている時間は教会で祈りを捧げてくるってアドルフさんに言ってある。推しを困らせるのは本意ではないのだよ。

今日も今日とてアドルフさんを送り出して、私は教会で奉仕活動と祈りを捧げ、勉強する日々。

第五部隊の胸章をつけて行動をしているから、きっと教会を訪れる人たちには部隊ごと好印象を持ってもらえるはずだ。千里の道も一歩から！

(そろそろ、第五部隊にも本格的に戦場へ行けと指令が来るかもしれないなあ)

その前には一度、きちんと部隊のメンバーと話をしたいんだけどな……。

治癒を基本的には必要としないって言われても、もし必要な際はどういう風に行動をするべきか私も立ち位置をきちんと知っておきたいんだけど。

(まあ指示が出たら教わることになるんでしょう)

今頃下級神官たちも戦場にいつ派遣されるのかとビクビクしている頃だろうし、中級神官たちだって癒やしの術を高めるために各地の病院を回らされていると思う。

上級神官と聖女だけが、そういった類《たぐ》いの仕事はしない立場にあるからのんびりしたものだ。

(……アドルフさんには言わなかったけど、聖女の半分はただの貴族令嬢なんだよなあ)

そう、実は今いる『聖女』の大半は、治癒能力を持たないご令嬢たちである。

今は戦争で強制的に徴兵もされるけれど、兵士って職業は基本的に国がなくならない限り食いっぱぐれることがない公務員になれるので、人気の職だ。

それでも上の人たちだけが安全な場所にいたら、不満も募るってもんでしょ。

だから平等に、貴族にも徴兵制度が存在する。

徴兵された貴族は将校になるか、もしくは戦地に行かない獣神部隊に所属するのだ。

そして、そんな彼らの婚約者として内定している者が聖女となって、婚姻関係を結ぶのだ。

つまり最初から最後まで嘘っぱちな、ハリボテの騎士と聖女ってわけ。

だから彼らが戦場に行くことがないように、第五部隊には元気で働いてもらわないと上層部としてはここまで積み上げてきた威信とやらが崩れちゃうんだよね！

そんでもって、貴族の中から徴兵されて定められた期間だけ従事した隊員と聖女は何事もなかった顔をして軍を去り、また次の貴族が……というようなからくりになっている。

国民は貴族たちに『不平等だ』と不満を抱かず、かつ、貴族たちからも『特権階級を前線に送るなんて』という反感を買わずに済むようにね。

(……アドルフさんは、それに気づいているんだろうか)

建前としては王族と高位貴族で成立している獣神部隊の第一、第二部隊は働いていないわけではなくて、王家と王城を守っているということになっているけれど……前線に行かない彼らに対して、どうしても他の部隊は反感を抱く。

とはいえ、第三部隊は国防で少しだけ外に出るだけで戦闘はしないので似たようなものだ。

実際に働ける聖女は数が少なくて、本当に申し訳なく思っているんだけど……。

（いやあ、うん、でも私もこうして教会で祈ってばかりなので、正直第五部隊の人たちからしたら『隊長の嫁は働かずにぐうたらしている』って思われてそうなんだよな！）

それが困るんですよ!!

そりゃね、アドルフさんからしてみれば、ある程度は信頼できる関係になったとはいえ未だ完全な信頼にはほど遠い『お飾りの妻』ですもんね！

そんなお飾りと可愛い部下たちを秤にかけたら、そりゃ部下を取るよね。わかります。

会って一ヶ月ちょっとの私と、長年の付き合いの部下。

どっちが大事かなんて明白すぎて膝から崩れ落ちて『そんなことないのにぃ～！　仲良くしたいのにィ～!!』って大声で喚いてゴロンゴロンしたい勢いだわ。

いやいい大人なんで、勿論そんなことは実際にはいたしませんけども。

それに一応これでも『職業：聖女』なんで、人の目があるところでは優雅な振る舞い（笑）をしないといけないのだ。これも規約にあるんだぜ、信じられる……？

どこまでいっても付け焼き刃でしかない優雅さなんですけど!!

教会と国、そして聖女と兵士。

お互いを信頼しあわなきゃいけないメンバーが揃いも揃って不信感しか持っていないいって、本当にこの国終わってない？　とんでもない話なんだよ。

私はアドルフさんを幸せにするために、やれることはやりたいんだけどなあ！

(そもそも獣人族が退化していったのは種の存続をかけて人間族と交わっていった結果で、本能が残っているのは遺伝子的に当然のこと。暴走するのは肉体が遺伝子に負けた結果で、能力と思考が乖離したことによって魂がズタズタになってしまう……)

祈りのポーズをやめて、私は女神像を見上げる。

ゲームには、女神様が登場する。

女神様……ということになっているが、実際には聖なる鳥だ。それはもう美しい鳥。

こんな綺麗な神様はきっと女神に違いないっていう祖先の独断と偏見により、女神信仰が始まったのが教会の始まりだよ!!

で、ご先祖である獣人族に聖なる鳥である神鳥様……実際は別世界の精霊なんだけど、とにかくその神鳥様は卵を孵化させるのに、特別な鉱石を必要とするのだ。

そのために唯一の産出国であるこの国に現れる。

鉱石を差し出す代わりに神鳥様はお告げや加護といった力添えをしてくれるそうだ。

卵が孵化すると、親鳥（？）は天へと還る。

番《ツガイ》がいるわけではなく、単体生殖しているらしい。不思議だ。

教会の古い記録によると、神の遣いだから当然とのことらしいんだけど……いや何が当然なのか後世の人間にはさっぱりですよ！

とにかく人間の世界を見聞きして、そして空へと旅立つってことになっている。神鳥様に協力することによって女神様は人の善性を認め、祝福をくださるとかうんたら。

ちなみにその卵が孵化しなくなった時、神様と人間との繋がりが途絶えるんだってさ！

そんなことをゲームの中でも語る一幕があるんだけど……でもシナリオの中では、その鉱石が何故この土地にだけ存在するのかといった情報は語られていない。

実際、現実に生きている中で最もそれに詳しいはずの経典を読む立場まで来た私でも細かな情報を知ることはできなかった。

口伝的なものが神官長様と聖女長様、そして王家にあるって話は聞いた。

（でも私にはその内容が予想できている。だってプレイヤーだったから！）

ある時、戦争が始まって国王が神鳥様に一つの相談という名の取り引きを持ちかけた。

規定の量の鉱石を毎年必ず納める代わりに戦争に勝てるよう力を貸してくれないか、と。

実はそれこそが治癒能力を持つ人間の始まりだったのだ。

そう、治癒の力は自然発生なんかじゃない。

国家によって作り出されたものだった。

時の王様が『このままだと神鳥様が望む鉱石が出る山が侵略者に奪われてしまう。侵略者たちの狙いは鉱石だ。神鳥様のために戦って、獣化してでも追い払うつもりが、我々はすぐに暴走してしまうから力を貸してほしい』というようなことを訴えたのだ。

その結果、神鳥様は『ならば魂の修復を行えるようにしよう』と自分の血を分け与えた……。


というね、口伝《くでん》って血の盟約が交わされましたっていう話でしょ、どうせ!!

ちなみに初めにその盟約の証である神鳥様の血を受け取ったのは、国王の連れていた小姓だって話だ。そしてその小姓の血筋から治癒能力を持つ人間が増えるはずだと神鳥様に教えられた王様は、とにかく小姓にいろんな女を抱いて子を成せと命じたというクズ発言が……おっと、口が悪くなりました。

(ってことがゲームの終盤では明かされたわけだけど)

まったくもって何も知らされていない我々からするといい迷惑だな。ぷんすこ。

ならなんで平民にも生まれてるんだって話になると、そこはまたややこしい。

小姓があちこちでばらまいた種は無事に芽吹いたけど、それでも戦争の激化では風前の灯火。

鉱石が採掘できる土地も争いが激化して、神鳥様も困ったもんだってことで治癒できる人間を増やして従順な獣人族に頑張ってもらおう！　ってなったらしい。

精霊様もクズだった!!

いや、精霊と人間、しかも別世界だけに倫理観や価値観がそもそも違うんだろうけど。

（……本当にいい迷惑だよね）

その結果、アドルフさんたちみたいに使い潰される人たちが、出るのだから。

とまあ、そんな教会に属している私も第五部隊からしてみれば敵みたいなものなのかもしれない。

とにかく獣神部隊の中でも過酷なところに行かされる彼らに、治癒魔法をかけてさあ戦いに戻れ！　ってしてんだからね。

（……あーあ。早く恩返ししたいなあ……）

あの戦場での絶望から、助けてくれた人たちにお礼を言うだけじゃなく、治癒して彼らのことを応援したい。

そのために私はこれまで頑張ってきたし、頑張ってこられたのだ。

まあ、地道にアドルフさんを癒やして彼を通じてみんなも回復してくれたらいいなと思うので、今日も頑張って推しに尽くしていくしかないね！

買い物をするから馬車を使わず一人で出歩いているけど、問題は特にないはず。

（今日はアドルフさんの好きなシチューにしようっと）

美味しいとかマズイとか言わないけど、食べる量が変わるのでとてもわかりやすいんだよなあアドルフさん。そんなところが可愛いのなんのって。

最初のうちは完璧だった姿も、だんだんと打ち解けるにつれてだらしないところも見せてくれるようになったのってなんだかこう……野良猫がデレてくれるみたいで、本当に可愛くって愛しくって！　最近では寝癖を整えることも許してくれるもんね！

あのさらさらな金髪にブラシをかけるの、すごく楽しい。

「あらイリステラちゃんいらっしゃい！」

「おばさん、こんにちは。今日はお芋がたくさんあるのねえ」

「ええ、ええ。最近は戦も少しだけ落ち着いているでしょう？　収穫期が穏やかに過ごせたからかしらねえ。……このまま戦が終わってくれるといいのだけれど」

「そうですね。きっと女神様のご加護がこの国のみならず隣国にも行き渡る日が来ると信じています。それじゃあお芋を少し多めに、あとは……そうだなあ、そっちの果物も欲しいな！」

「はいよ。いつもありがとうねえ。イリステラちゃんが所属している部隊の人たちが怪我をせずに済むよう、あたしもお祈りしておくよ」

「ありがとう！」

市場に寄って、買い物を済ませる。

ちなみにアドルフさんは好き嫌いないけど、言わないと野菜を食べないどころか携帯食を食べようとするので料理は私の担当と決めている。

美味しい……とまでは言わないが、とりあえず家庭料理くらいは作れるので！

胃袋を掴むのは難易度高いかもしれないけど、推しにそんな携帯食なんて味もないモソモソしたもん食わせられるかあ!!

ってことで、私の中にある前世プラス今世の知識総動員で日々料理に勤しんでいるわけですよ。

なんならデザートもつけてるからな！　偉いだろう、私!!

……まあ、自炊が当たり前の世界ですから？

料理ができるからって褒められるわけでもないんですけどね……。


「ただいまー……」


牛乳と卵は配達を頼んだし、野菜は買ってきたし。

ハムとお酒も一応置いてあるけど、アドルフさんは滅多にお酒を飲まない。

酔った推しも見てみたいが、さすがに強要はしない。アルハラよくない。

(今日はデザートにプリンでも作っちゃおうかなー！)

お砂糖は少し値段が張るとはいえ、結構お給金をいただいている共働き夫婦（仮）である。

ちなみに私のお給料は幾分か育ててくれた救済院に寄付させていただいているので、実のところそこまで多くはないんだけど……まあね、これまで聖女になるために寝る間も惜しんで努力していたので無駄遣いがなかった分、貯金があるんですよこれが。

アドルフさんの方はどうか知らないけど……生活費は一応折半ってことになっている。

でも多分あんまり生活にお金かけてこなかったんだろうなあ、とは思う。

アドルフさんったら毎週、多めに渡してくるからさ……。要らないとも言えなくて、とりあえず使った分で計算して余ったのはタンス預金しておくことにしている。

一年でいくら貯まるかな。わくわく。

信頼は勝ち得ていくけど、いずれはアドルフさんだって自分の幸せを掴みに行くだろう。

その時にはそのタンス預金を気持ちよくプレゼントするつもりで、節約も頑張るつもりだ！

（……アドルフさんの幸せ、か）

誰かの横で、私もまだ見たことがないような満面の笑みを浮かべるアドルフさんを想像する。

私は零すような笑みとか、荷物を持ってくれるぶっきらぼうな優しさとか、まだそのくらいしか知らないけど……それも、いつかは本当のお相手に返さなきゃな、そう思うのだ。

そうなったらきっと嬉しいけれど寂しくて、ちょっぴり泣いてしまうかもしれない。

私がその相手であったら、そんな思いをしなくて済むのだろうか？

「ってだめでしょ!!」

危うく！　なんか流されるところだったけど!!　危ない危ない。

推しにガチ恋する一歩手前じゃないか、私。

（……だめでしょ、そんなの）

ぐっと拳を握る。

推しを幸せにしたい。

その行動原理は変わらない。

ただそこに、小さな日々の積み重ねで、私がアドルフさんのことを……うん、まあ、そういう
……つまるところあれだ、異性として意識しているのだということは自覚している。

だってそりゃしょうがないでしょ!?

そもそも『推せる！』って思ってる段階で好意を抱いている相手で、それが毎日おはようからおやすみまで同じ屋根の下で暮らしてご飯作ったら『美味しい』とか『ありがとう』とか言ってくれて寝ぼけた姿見せてくれるようになったり気の抜けた笑顔をたまに見せてくれたりふとした時にこう力強さとか逞しい腕の筋肉とか風呂上がりに上半身裸で出てきちゃったりしてそれを目撃したら何故かアドルフさんの方が照れちゃうとか……ンンン可愛いしかないのよ!!

恋するなって方が無理な魅力を持っているどころか、日々更新していくんですよ。

推し、恐るべし。

とはいえ、私の目標は『アドルフさんの幸せ』である。

うん。間違ってない。

そして私は結婚当初から宣言されているのだ。

愛せない……って。

(そもそもが愛を得られないって、わかってて結婚したんだもん)

大丈夫、まだこれは子供が憧れの人に抱く、淡い初恋みたいなものだ。

はしかと同じで、いつか思い出にできるはずだ。

思いとどまれて良かった良かった。そう思わなきゃ。

「……馬鹿なこと言ってないでご飯作ろ……」

私がやるべきことは明快だ。

本来【ゲーム】ではアドルフさんが死んだり、主人公たちがボロボロの状態の第五部隊に配属されて苦しい目に遭ったりする。私はそれを防ぐのだ。

アドルフさんが好きな人と結ばれるように、たとえば……シナリオに出てきた奥さんとの仲を取り持ったりとか？　え、でもそれどうしたらいいんだ？

（私が先に結婚しちゃったし、お相手とアドルフさんの仲ってどうなってんだ？）

まだ部下の人たちにさえも碌に紹介してもらえていない私がアドルフさんの交友関係に対して質問しても変な目で見られるだけだろうなってことくらいは理解している。

そもそも浮気とかそういうのが起こるのはその奥さんとアドルフさんが結婚してからの話で、そしてそれってその一回を防いだところで収まる問題なんだろうか？

（じゃあ別の……ってなりかねないし。浮気する人はまたするって前世の雑誌に書いてた！）

ただ浮気にもいろんな原因があるはずなんだよね。

アドルフさんは稼ぎもいいし一途だし見た目も性格も素晴らしい。

なのに何故？　ってなったら、可能性としてはこの戦争のせいではなかろうか？

（獣神部隊は激務だから、そのせいですれ違って……って可能性もあったわけでしょ）

だとしたら激務を減らすってそんなのさすがにどうしたらいいのかって話よ！

たとえば戦争が終わったからって仕事はそう簡単に減らないし……。

とはいえ、そもそも激務が原因かどうかもわからないのに動いて別の理由だったら出遅れる可能性もあるんだよな？

えっ、どうしたらいいんだよ!!

（うーん、その辺のバックボーンはゲームの設定集でもボカされてたからなあ）

まあ序盤で死ぬキャラの家族とかその辺は『とにかく時代背景もあって不幸』に特化させただけなんだろうね、制作者側にしてみれば。

主人公たちの性格とかバックボーンはとにかく詳しく書いてあったことからお察しよ。

なんにせよ、まずはアドルフさん自身が幸せになってくれて余裕を持てたらいろいろと変化が起こるような気がするんですよ、うん！

私はそのお手伝いを続けつつ、やるべきことをやるだけ。

「よっしゃ！　プリン作ろ」

結婚生活は長くない。許されているのは、たった一年という時間だけ。

だけど、それは逆を言えばその短い間だけでも推しの一番近くにいられるってことである。

（ある意味これって最高のファンサービスでしょ）

むしろお風呂上がりの推しとか公式に載ってない部分を余すところなく見られるのってファンサが過ぎると五体投地したっていいはずなのだ。

高望み、ダメ、絶対。

私は固く心にそう誓って、自分の中で芽生え始めた気持ちを自戒するのだった。

★ ★ ★

私のお手製プリンはアドルフさんに大好評だった。

初めは怪訝そうな表情をしつつも、これまでの私の料理が認められたのか嫌がる素振りを見せず口に含んでちょっと驚いたあの顔……なんて可愛いんだ……。

推しが嬉しそうに目を細めて一口一口大事に食べている姿を脳内カメラで連写したよね……。

表向き、私は綺麗な微笑みを浮かべていたと思いますのでセーフです、セーフ。

「そういえば、明後日は合同訓練がある」

「そうなんですか？」

「特に何があるというわけではないが、できれば……イリステラも参加してくれないか」

「わかりました」

「……すまないな。訓練に参加してもらうわけではないから、待機扱いになるんだが」

「いえいえ！　私は戦闘ではお役に立てませんので……」

名前を呼んでもらえるのが、嬉しい。

部隊の人たちになかなか会わせてもらえないのが現在の信頼度を表しているのかと思うとそれはそれで少し悲しいけれど、それでもこうして気遣ってもらえたり食事を美味しそうに食べてもらえるだけで私は十分だ。

推しはいつだって私の心を救うのだ。

(しかし合同訓練かあ)

つまるところ、万が一にも誰かが獣化なんかしちゃって暴走したら大変だってことだよね。

怪我人の手当てってのもあるか。

「どちらの部隊と訓練を？」

「第四部隊だ。獣化はせず、実戦訓練を行う」

王家直轄の精鋭ってことで、獣神部隊は一般の騎士たちとは交じって訓練をしないらしい。

各部隊それぞれにフォーメーションとかあるから、基本的には各部隊で自主訓練って感じなんだけど、時折ぶつかり合うんだそうだ。

ただね、訓練って銘打ってはいるけれど実際のところはガス抜きっていうか、お互いに不満をぶつけ合うような意味合いが強いらしくて。

この合同訓練は各部隊の隊長が申し入れをして、相手方が受け入れたら成立する。

だから不定期で行われるし、第四と第五部隊の間でしか行われたことがないのだ。

(はーん、つまり第四部隊《あちら》は戦場での勲功をほしいいままにしている上に聖女が加わった第五部隊が気に食わないし、第五部隊は自分たちばっかり前線に駆り出されることが不満なわけか)

で、お互いぶちのめす機会を国が公式に与えていると……脳みそ筋肉でできてるのかな？

いやまあ、そういう不満の解消にはもってこいなんだろうけどさあ！

現在も戦時下にあって、ちょっとした平穏な日々を満喫しているから暇を持て余してんのか？

そういうコトしている場合じゃナイと思うんですけどね!?

(まあ城の訓練場を使うっていうなら私にも都合がいいな)

ちょうど私も聖女長様にお会いしたかったんだよね!!

(いろいろと確認したいことがあったし、タイミング良かったなあ)

これも日頃の行いのおかげかな！

しょっちゅう町の教会に行って慈善活動に勤しんでお祈りという名の夕飯を考える時間に充てていた甲斐があるってもんよ！

私一人だけで王城に行って面会を申し込んでも聖女だからおかしな話じゃないけど、あんまり一人で出歩くなってアドルフさんにも言われているから……。

聖女長様がいらっしゃる大神殿は、王城の敷地内にある。

そのため第五部隊の宿舎兼訓練場からは少し離れているのだ。そのため、一人での行き帰りは危ないって心配してくれたんだよね。

紳士で素敵。さすがアドルフさん！

まあ実を言うと聖女は他国から狙われている存在なので、実際一人歩きは危険なんだけど。

獣化できないわの神官としての修行しかしてないわの実質一般人だもんね!!

神官時代は複数人での移動が前提だったし、聖女になってからは王城生活だったからそこについては安全面がある意味で保障されていたけど結婚してからは……ねえ。

まあ聖女の制服を着ていなければバレやしないとは思うのだが。私は地味なんで。

（……アドルフさんもこの戦争のおかしさに気づいているのかな）

いや、気づかない方がおかしいか。

何故この国が戦争で狙われまくるのかって話。

獣化する人間、それは——言い方が悪いけど、人的資源として、周辺諸国は価値を見出している。

勿論人道にもとる理由なので、表向きは『獣人の国に囚われた神鳥』という名の貴重な生物を守るため、だとか。

オーベルージュの民は獣化した後に暴走する危険な人種だから、とか。

まあそんな感じで研究目的とした生物資源扱いをされているのだ。

その中で現われた『治癒能力を持つ人間』なんてもっと欲しいでしょ。

国内にスパイがいるかどうかはさすがにわからないけど、戦時の混乱だもの。いてもおかしくないんじゃないかなって私は思っている。

（それに前線じゃあボロボロの下級神官が行方不明になったなんて話も、ちょいちょい耳にしたものね。……捕虜として捕まっている可能性はどうしたってあるでしょ）

この国にいても使い潰されるけど、あっちの国に行って大切にされる保障もないんだよなって思うと、とても暗い気持ちになっちゃうね。

「……イリステラ？」

「あっ、すみません。ぼーっとしちゃって」

「いや、疲れているなら今日の治癒はしなくていい。毎回言うが、俺にそこまで力を使ってはお前の疲労が……」

「それなら私も言わせていただきますが、アドルフさんが元気になることで他の方にも影響が出ているはずなんです！　どうか、私にできることをさせてください」

「……わかった。だが、無理はしないでくれ」

「はい！」

ありがとうアドルフさん、いつも私を気遣ってくれて。なんて尊いんだ。

でも、もうすぐなんとかなるからね。きっと。

私はそんな気持ちを今日もたっぷりと愛情と一緒に込めて、アドルフさんを治癒するのであった。

そして翌日、私は早めに第五部隊の人たちと合流して、今日の合同訓練に関する作戦会議に参加していた。

といっても、聖女である私は戦闘能力がからっきしなので（聖女としてもからっきしだけども）、後方支援っていうか……さすがに合同訓練で獣化しないし、怪我などを負った場合試合終了後に治療するってことで落ち着いてた。

まだ訓練までに少しだけ時間があったから、隊員の人たちとお話もできたよ！

アドルフさんは彼らが聖女っていう存在を『お高くとまっていて嫌いな人種』って見ていたから、もうちょっとお互い安全に接触できるタイミングを見計らってくれていたらしい。

うん、先住猫と新入り猫の顔合わせかな？　まあ似たようなもんだね！

（でも私があの戦場にいた下級神官だって裏も取れたみたいで、受け入れてくれたっていうから嬉しいよね……いやあ本当にいい人たちで感動しちゃう……）

裏を取るほど信用されてないのかよって点は気にしない。

箱推しのみんなが私と仲良くしてくれるんならいくらでも身上調査、バッチ来いよ!!

ちなみに訓練が終わるまでは自由にしてていいって言われちゃったよ……えっ、私なんでここに来たんだろうね？

暗にこの場にいて訓練前の集中を乱すなって言われているような気がして少しだけ気分が落ち込

んだけど、まあそれも仕方ないか！

（アドルフさん的には少しずつ部隊の人と会わせて、私の存在を慣らしていくつもりだったんだろうし……思ったよりも早く受け入れてもらえて良かったと思うべきだわ）

すみませんね、私がグイグイ行っちゃったもんだから!!

アドルフさんからしたら予定外のことになっちゃったから内心困っているかもしれないけれど、私としては少しでも早く第五部隊のみんなと打ち解けたかったのだ。

「……あいつらも悪気があったんじゃないんだ。下級神官だったということに驚いただけで……その、疑われて嫌な気分になっていないか？　正直に言ってくれ」

「いいえ、当然のことだと思っていますから。調査することで少しでもみなさんとの距離が縮まるのであれば、いくらでも調べていただいて結構です」

「……そうか。感謝する」

ちなみにあの下級神官時代、私は泥まみれで瞼も碌に開かないくらいパリパリだったんですよ、いろんなもので。ええ、いろんなもので（意味深）。

だから、身上調査したくなるのも実は納得できるっていうか……見た目で判別とか記憶に残るような美少女じゃなくて本当にすまんかった。

地味な上に汚れて真っ黒で、その当時は今以上に痩せっぽちのガリガリだったからなあ……。

これからはしっかり恩を返していくよ!!

「折角ですので、神官長様と聖女長様にご挨拶してこようかと思います」

「わかった。……そうだな、早くてもこの訓練は一時間はかかるだろう」

「わかりました、それよりは早く戻ると思います」

「誰かをつけるか？」

「城内ですから大丈夫ですよ！」

まったくもう、アドルフさんったら心配性だなあ。

ここは乙女として『もしかしてアドルフさん、私のことを……？』とか胸キュンしておくべきなんだろうけど、私は弁えたファンなのでね！

ただ単純に聖女をボッチでそこらをフラフラさせたなんて知れると警護の問題とか、第五部隊の品位が云々とか、そういう文句を言ってくる輩が出るんじゃないかって心配しているんでしょう。

わかってます、わかってますよ!!

とはいえ、私も以前は聖女になる前、上級聖女だった時に王城勤務でもあったので、その辺は大丈夫ですって。

警備はしっかりしているし、中身はともかく、外側はちゃーんと『聖女です！』って感じでおすまししして歩けるんだから。

変な難癖つけてくる連中には逆にやり込めてやる自信もあるんですからね！

とりあえず、私は第五部隊の控え室を出て聖女長様に会うために王城内にある聖堂に向かう。

すると前からゲオルグ殿下が歩いてくるではないか。げえー。

まあオウジサマにとっちゃ王城が自宅なんだから、遭遇しても仕方ない。諦めよう。

「……貴様か」

「王国の若き翼、ゲオルグ殿下にご挨拶申し上げます」

「結婚して随分と平和ボケした生活をしているようだな。役目を忘れてはいないだろうな？」

出合い頭にずいぶんな発言じゃない!?

いやまあ確かに結婚したのが推しですから？

そりゃもう毎日が幸せっていうか供給過多っていうか、よく鼻血出さずにここまで来てるなって自画自賛する日々ですよ!!

ほら、さすがにアドルフさんを見て鼻血出してたらドン引くどころじゃ済まない気がするので……欠片だけでも残っている乙女心が砕け散っちゃうから……。

それはともかくとして、私はゲオルグ殿下に向かって聖女らしく微笑を浮かべてみせる。

「勿論でございます。私はオーベルージュの聖女。神鳥の願いを聞く者の一人として、一度たりとて役目を忘れたことなどございません」

「……なら、いい」

言いたいことだけ言って去って行くゲオルグ殿下。

彼もまた、ゲームではこの王国を憂《うれ》う人……という立ち位置でストーリーに関与しているんだよね。使用できるキャラではないけど、キーマン的な。

私はゲーム知識があるけど、現実世界はゲームよりも複雑で、そして何よりやり直しができない。

私自身、いくら自己鍛錬に励んでみたって限界は限界だし、パラメータが見えるような便利なものもない。勿論、チート能力も。

ゲーム世界に転生したからといって、現実は過酷なのだ。

（ま、そんなこと言ってられないよね）

アドルフさんを、みんなを幸せにしたいんだもの。

私はやれることを片っ端からやっていくだけだ。

そのためにも聖女長様とはもうちょっと綿密に連絡を取りたいところだけど……急《せ》いては事をし損じると言いますし？

あれ？　それって誰の格言だったんだっけ。

どうでもいいな！


聖女長様と大事なお話をし終えて外に出ると、マヌエラさんがそこに立っていた。

「マヌエラさん？」

「イリステラさん、お待ちしておりました」

「やだ、誰かに声をかけて呼んでくれてよかったのに！」

「もう出てこられるところのようでしたので」

マヌエラさんは第五部隊所属で、物腰穏やかな美人さんだ。

なんでも、ご両親が教師をしていたとかで中流階級出身で教養のある人なんだけど、戦渦で家が壊れた挙げ句、そのせいで家族が大怪我を負ったため、彼女も働き手にならなくてはいけなかった。

だけど、その働き口が風俗店か兵士になるかの二択だったんだそうな。

なんでそんな極端な……って思ったけど、下に弟さんと妹さんがいるらしくて、彼らが兵士にならずに済むようお金を手っ取り早く稼ぐために獣神部隊に志願したんだそうだ。

泣ける話だ！

どうしてそんなに事情に詳しいんだよっていったら王城の神官に彼女の知人がいて、聞かなくても教えてくれたんだよね……個人情報、どうなってんだよ……。

「何かありました？」

「そろそろ合同訓練が終わりそうでしたので、隊長が迎えに行くようにと」

「えっ、わざわざすみません！　そんな時間でしたか!?」

一時間は経っていなかったと思うんだけどな。

聖堂には時計がないから感覚でいたのがまずかったか。

祈りを捧げるのに時計の針の音が聞こえると気が散るからって理由らしいけど、こういう時は本当に困っちゃうよね!!

聖女長様の部屋にくらい時計があっていいと思うんだけどな……。

迎えに来てもらってとても申し訳ない気持ち。反省。

「それと、実は怪我人が出たんです。下級神官たちが出動してくれていますが、できたら聖女であるイリステラさんにも協力をお願いできないかと隊長が……」

「それは大変です！　急いで戻らないと……!!」

マヌエラさんがおっとりとした口調で言っているけれどその内容はとても深刻なものだ。

どの程度の傷かにもよるけど、大怪我だったり出血の量が多いと命の危機を感じてなのか、本人の意思とは関係なく獣化してしまうことがある。

今までそういった事例で獣化した人は、大体が暴走してしまいがちなのだ。

そうなれば周囲への被害もバカにならないし、その後運良く取り押さえられたとしても本人は懲罰、最悪命を失ってしまうパターンだってあり得る。

勿論、獣神部隊の兵士たちはそのことを十分承知しているし、彼らは一般の人と違って心構えも違うだろうし精神面での鍛錬もしていると聞くからそう暴走なんてしないだろうけれども。

それでも見過ごせるはずがない。

だって私、そのために聖女になったんですからね!!

「それで、第五部隊のどなたが怪我を？」

「いえ、あの……第四部隊の方なんです。あちらには今、専属の聖女がいませんから。下級神官たちが頑張っているので問題ないはずですが、念のために待機してもらえたらと隊長が」

「わかりました」

なるほど、アドルフさん的には最悪を懸念してってことか。

うーんさすが私の推し！　冷静沈着ぅ!!

(でもそういう状況なら城詰めの下級神官で足りるかな)

状況を聞いて、ちょっとホッとした。

やっぱりね、訓練って言ってもかなり本人たちは本気でぶつかり合うっぽいし心配じゃない？

走るまではいかない早足で歩いていた私も、少し速度を落とす。

あんまりバタバタ廊下を移動すると、それはそれでまた品位がどうちゃらと言われてしまうので。

まったく面倒くさいな！　戦場じゃ一分一秒が惜しいから常に走れって言う癖にさあ!!

(傷の程度によっては私も手を貸して、医務部へ託すのが妥当かなあ……)

なんてぼんやり考えていると、私の隣を歩いていたマヌエラさんが立ち止まった。

そして私をジッと見ていることに気がついて、私も数歩先に進んだところで振り返る。

「マヌエラさん？　どうかしましたか？」

「あの……イリステラさんは、隊長のことを、どう思ってらっしゃるんですか」

「えっ……？」

唐突な質問に思わず足が止まる。

真剣な表情の彼女に私は戸惑ってしまった。

（もしかしてマヌエラさん、アドルフさんのことが好きなのか？）

健気で薄幸の美少女、マヌエラさん。

第五部隊の人たちはみんなアドルフさんを尊敬しているようだったから、彼女もそうなんだろうけど……おやおやあ？　これは良縁では!?

（ゲームでの奥さんよりもマヌエラさんの方が仕事に理解もありそうだし……）

なにより、私が彼女に対して好印象を抱いていることから応援し甲斐もあるってもんよ。

下級神官時代に命を救われた際、優しく声をかけてくれていたのは彼女だった。それもあって私の中ではもう女神枠だからね！

とはいえ、ここで恋バナを始めるのは場違いだろう。彼女の真意もわからないし。

そのくらいの分別は私にもある。あるったらある。

私はマヌエラさんをジッと見つめて笑みを浮かべた。

「伴侶としても、上司としても、私はアドルフさんをとても尊敬しています」

私はそう告げると、再び前を向いて歩き出す。

あくまで尊敬だから安心してねという気持ちを込めてのことだったたんだけど、マヌエラさんは私の言葉に困ったような笑みを浮かべつつ、ホッとしたように息を吐いて一緒に歩いてくれた。

「良かった。その言葉に安心しました」

「え？」

「イリステラさんなら、きっと隊長のことを幸せにしてくださいますね！」

「……ええ？」

いや、確かに推しには幸せになってほしいと思ってますけども!?

なんでそんな風に思ったんだろうか、さっぱりわからなくて困惑しちゃうな!?

でもマヌエラさんはとても嬉しそうだから、いいっちゃいいんだけど……。

「お二人の結婚生活がこれからも順調でいられるよう、早く戦争が終わるといいのですが……」

「え？　は、はい、そうです、ね？」

おおっと、マヌエラさんがアドルフさんに恋心を抱いている説は不発だった……？

なんか応援されちゃったんだけど生憎ですが『愛せない』って言われてる、将来離婚確定な嫁なんですよ！

なんかゴメンね!?　本当にごめんなさい!!

私だけが気まずい気持ちを抱えつつ訓練場に戻ると、そこは騒然としていた。

訓練が終わったというよりは、どう見ても大乱闘が発生して収束した……の方が正しいと思う。

「うわあ」

「毎度のことですから」

「これが毎度なんですか……？」

「ええ、第五部隊と第四部隊がぶつかると大体がまあ、こんな感じで……」

そっと目を逸らすマヌエラさんにマジかよって思ったけど顔には出さずに済んだと思う。

ぐるりと周りを見渡して、私もため息を一つ。

(激しいとは聞いていたけど、ここまでなのかあ。いや、確かにそうだわ……)

というのも、頭から血を流している第四部隊の人が複数人いて、今も第五部隊に食ってかかっているのだ。思ったよりは元気そう。

食ってかかられているのは我らがアドルフさん……ではなく、アドルフさんに押さえられている、第五部隊の特攻隊長的な人であるフランツさんだ。

(なんだなんだ？)

「ああ～マヌエラ、戻ってきたんだ～、聖女様もおかえりぃ！」

「カレン」

事情がさっぱりだなと思っていたら、第五部隊のもう一人の切り込み隊長である女性、カレンさんがやってきた。

赤毛でのっぽ、ニカッと笑うその姿は姉御って感じ。

「聖女様は戻ってきたばっかかで事情がさっぱりだよねえ」

「……そうですね」

「あはっ、うちら第五部隊って平民上がりの実戦部隊でしょ。だから貴族みたいにお綺麗な訓練はしていないってあそこにいるうちのフランツが第四部隊の連中に喧嘩吹っ掛けたんだよねえ」

「あら……」

「ちゃんと理由はあるんですよ？　やっすい挑発されただけなんですけど。フランツはバカだからすーぐ頭に血が上っちゃうんですよねえ」

「まあ！」

「結局喧嘩したいだけですからねえ」

カレンさんは楽しげに説明をしてくれるけど、私は目を丸くするばかりだ。

何してんだ、この人たち。

いや、まさしくガス抜きをしてるんだろうなとは思うんだけど！

ある程度は本気でやりあえっていうのが目的なんだから、いいんだろうけど……。

「今回もすごかったよお、砂での目潰しでしょ、剣で一騎打ちを申し込んでおきながら蹴って頭突きして……なりふり構わずって感じの喧嘩殺法！　あれぞフランツだよねえ!!」

キャッキャしながら楽しげに話してくれるカレンさんは可愛いけど、内容がエグいな。

「そんな感じだったからかな？　最後は訓練どころじゃなくなって、団子になっての取っ組み合いになっちゃってさ」

「それでこうなったわけですね」

「そうなのよ～、面白いでしょ？」

ちなみにこれはほぼ毎回恒例のことらしく、隊長格は後ろに控えて傍観しつつタイミングを見計らって止めに入るんだってさ……。

（なにしてんだか）

なんという泥仕合《どろじあい》！　だからこそ第一から第三の貴族が多い部隊は不参加なわけだけど。

あちらはそれこそ正真正銘の貴族たちが大勢いるからさ。

（そりゃあんな殴り合いなんかしないでしょうね、彼らなら）

みっともない姿を晒すわけにはいかないって言いそうだもの。

ちらりと上を見る。

ゲオルグ殿下が窓からこちらを見下ろしている。けど、私が見ていることに気がついたのか引っ込んだ。

（ふうん、気にはなるんだ）

イマイチ、あの人よくわかんないんだよねえ。どういう立ち回りをしているんだか。

それはともかくとして、とりあえずは今も聞くに堪えない罵声が飛び交ってお互いボッコボコの顔をした短気な連中が掴み合いを続けているこの状況で治療をしなきゃいけないってこと。

毎年のことなので生き延び続けている連中は早々に引く人もいれば、我先にと殴りに行く人もいるし、新人は巻き込まれてグロッキーってところかな？

かくいう私も初めて目にする光景なので苦笑しか出ないけどね！

ただまあ全力で怒鳴って殴ってする連中を前にしたからって私もビビるほど初心《うぶ》ではないので、タイミング間違えて殴られたら嫌だなあってくらいか。

(でも私が率先して動いた方がいいかなあ、これは)

城詰めの下級神官たちは、おそらくは戦地に飛ばされる前の研修でいるだけの……要するにひよっこなので、青い顔をしてどうしたらいいのかわからないって感じだし。

「今回はいつもよりちょいとだけ派手だったかなあ〜。楽しかったですけどね！」

「そうなんですか？」

「第五部隊《ウチ》に聖女が来たのが、第四部隊《アチラさん》からすると納得できないみたいで。散々隊長のことバカにしたもんだからフランツがブチギレちゃって大変なんですよオ」

ケラケラと笑うカレンさんだけど、第四部隊を見る彼女の目は厳しい。

彼女もまた、アドルフさんのことを尊敬しているからだろう。

背の高い彼女は私と並ぶと見上げてしまうくらいなんだけど、私の視線に気づいてにっこりと笑って肩を組んできた。おおう、力が強い。

「まあアチラさんが何を言おうが、聖女様《イリステラさん》はうちの隊長を選んだんですからねえ！」

「その通りですよ」

「ふふっ、うちの隊長を見初めるだなんてお目が高い！」

「そうでしょうそうでしょう」

軽い口調のカレンさんのノリに合わせて私も軽く笑ってみせる。

まあ、アドルフさんが最高にイイオトコなのは事実ですけどね！

(だって！　私の推しだもん!!)

私はカレンさんに何故か肩を抱かれたまま、喧噪の中へと足を進める。

前線経験のある私からしてみれば、争いがほとんど終わった訓練場なんて花畑を歩くのとなんら変わり……あるけども。

呻くおっさんとかが転がっている状況はどう考えても綺麗な花とは比べられないわ。ごめん。

とにかく、そんな彼らの様子を歩きながらチェックしつつ私が問題の中心部へと足を運べばアドルフさんが私を睨むようにして見ていた。

でも！　私はわかっているのだ!!

アレはアドルフさんの『どうしてこんな場所まで来た、大人しく待っていればいいのに』って気持ちと『聖女としての役目を考えれば当然のことか』っていう大人の判断がせめぎ合っている時の表情だよね!!

「お待たせいたしました、第五部隊所属聖女イリステラ。お呼びと聞いて参上いたしました」

にっこりとあえて第五部隊所属であると強調しながらアドルフさんに歩み寄れば、それまでフランツさんを怒鳴りつけていた男性が第四部隊の隊長さんに押さえ込まれながらもパッと首だけ向けるようにしてこちらを見た。

その動きがちょっと怖いわあ。ホラー映画みたいな動きやめてほしい。

頭から血を流したり鼻血が出てたりと派手な見た目だけど……とりあえず命に別状はなさそうだ。対するフランツさんは……アドルフさんに押さえ込まれながら開いている手で中指立てる元気があるようだけど下品だからやめなさい。

どっちの隊長さんもげんなりしているように見えたのは私だけだろうか?

「さて、ここまでざっくりと周囲を見て参りましたが、骨を痛めた方が幾人かいらっしゃるようです。許可をいただけるのであれば私も第五部隊だけでなく第四部隊の方々の治療に下級神官たちと共に動きたく思いますが――」

「必要ない！　こんな捨て駒共を選ぶような聖女なんて聖女として認められるもんか!!」

押さえ込まれたままの姿で、第四部隊の男性が大きく吠えた。

それまで騒然としていた周囲が、シィンと静まり返った。

それが何故だか酷く滑稽で、私は彼を見下ろしながら――ただ、笑ってみせた。

（こういう時こそ笑みを絶やすな。それも聖女の教えだものね）


彼が何を言おうが両隊長から許可を得て、私は下級神官たちと共に治療に当たった。

獣化した人に対する魂の修復っていう魔法ではなく、ただの治癒魔法ね。

魔法って言うには拙《つたな》く、祈るだけなんだけど……でも他に上手く表現できそうにないので私はこれを魔法だと思っている。

獣化っていうのも大分ファンタジーだと思うけど、それ以外には特にないんだよなあ。

どうなってんだ、この世界。

「はい、傷は塞がりましたので……今日はあまり動かさないでくださいね」

「ありがとうございます、聖女様」

それでも治癒は万能ではないので、骨折を繋ぐ程度に留めて軽い怪我の人は自力で医務室に行ってもらう。

だって完治まで治癒魔法を使ってたらこっちの身が保たないからさ！

治癒魔法は魂の治療よりはずっと楽だけど、やっぱりこっちがしんどいんだよ!!

で、回り回ってさっき私に吠えた人が運悪く私のところに来ちゃったんだよねえ。

他の下級神官がキレまくったあの人のことを敬遠しちゃったみたいで。

(前線に行かされたらいやでもあんな感じの人でも相手にしなきゃいけないんだけどなあ)

叱ってもいいけど、それはそれで私の役目でもないだろうし。

そこについては他の神官に託すことに決めて、私は怪我人と向き合った。

一応、私も聖女だしね？　治療を放棄するなんて、聖女らしくないからさ。

そこそこ骨折してるのがわかったから、さっきの態度が気に食わないとか子供じみたこともできないし、ここは役割を果たそうと手を伸ばして――思いっきり払いのけられた。

ぱしんといい音が響いた。私の手を払いのけた音にしちゃなかなか派手だった。

結構痛かったけど、別にどうってことはない。

(なるほど？)

聖女が与える慈悲が不平等だと不満を覚える兵士は、大勢いる。

私も下級神官時代から、兵士たちと隣り合って戦地にいたのでよく知っている。

治癒能力を発現できるのは、女性だけだ。

そしてその治癒の力を最大限に発揮させる存在こそが聖女であり、だからこそ精鋭部隊である獣神部隊に所属する。

それが上の人たちの言い分だ。

精鋭部隊と銘打っておきながら出撃することがない第一、第二部隊。

そしてそんな彼らの婚約者として、彼らが本物の聖女たちに選ばれないよう聖女の名前だけを冠する貴族家の少女たち。

当然ながら、それは秘密のこと。

本当に癒やしを届ける聖女なんてものはごく一握りの存在であることも。

そして真の聖女たちもまた、あまりに魂の疲弊が激しい者たちを恐れるあまり選ぶのはいつだって安全な場所になる。

割を食うのは前線にいつも行かされる第四、第五部隊なのだ。

いつだって表に出される第五部隊は捨て駒で、それよりは幾分かマシな扱いなんだと溜飲を下げていたのに、そんな相手を選ぶ私が、聖女が現れた。

聖女は、それを覆《くつがえ》してしまう存在なのだ。

これまで見下していたはずの相手が、自分たちよりも優位に立ってしまう……そんな苛立ちと恐怖を彼は感じているからこそ、私にそれをぶつけている。

私からすれば、第四だろうと第五だろうと、常に前線近くにいる彼らは同じなのに。

「聖女殿……！」

「大丈夫です、問題ありません」

下級神官時代、傷の痛みから苛立った兵士に怒鳴られることなんて日常茶飯事だった。

そんな私からすれば手を強い力で払われる程度、可愛いもんだ。

あっちで震えている下級神官ちゃんもいずれはこのように図太くなるんですよ、ふはは！

「治癒は必要ないようですので、医師をこちらへ。神官の治癒が必要でしたら、平静を取り戻されてから神殿へ足を運んでいただければと思います」

「……傷ついた兵士を見捨てるってのか！　聖女様ってのはお高くとまっておいでだなア!?」

叫ぶようにそう言って嗤《わら》う男に、私は慈愛の笑みを浮かべて返す。

治癒されたら恩に感じないと言うのだろうし、治癒しなければこうして罵られるんだから聖女なんて良いように言われても結局のところ、損な役割だよね。

「まあ！　私の手を払いのけられるので治癒を遠慮なさったのかとばかり……それでは魔法を使わせていただきますが、気持ちを落ち着けていただかねば効きも悪くなることはご存じでしょう？　どうぞまずは心を落ち着けてくださいませ」

「何を……」

「確かに私は聖女ですので、みなさまの治癒に携わることができて光栄です。ですが、ここにいる神官たちはまだ経験も浅く、力の使い方も学んでいる最中。できれば互いに協力する形で治癒が行えればと思います」

そう、なんでか知らないけど相手の頭に血が上っている状態で治癒魔法をかけると、不思議なことに効きが悪いんだよね。血が流れ出ちゃうからなのか？

大怪我を負って冷静になれって方が無理な話だとわかっちゃいるけど、喧嘩とか不満でカッカしてんならそこは落ち着けって話なんだよね。

治癒してほしいならな！

「幸い王城には優秀な医師が大勢おりますので、今回の訓練での傷も程なく癒《い》えましょう」

私はそれだけ言って、他に治癒が必要な人がいるかを見ていく。

彼だけじゃない、幾人も私に対して憎しみの篭もった目を向けてくる。

聖女がいれば、助かったかもしれない同胞を思えば仕方のない話。

彼らにとって大切な人が、聖女《わたし》がいたら助かったかもしれないのだとしたら……その責めを受けるのも聖女の役目だっていうのだから、酷い話だ。

（確かに彼らからしてみれば、聖女がどうして獣神部隊にしか配属されないのかとか、これまでの聖女たちがどうして結婚相手を選ぶのかとか、そんな理由なんて関係ないんだよね）

聖女は、癒やすためにいる。

癒やさない聖女は、役立たず。

捨て駒を選ぶ聖女も、救う価値のない者に手を差し伸べるばかりで何の役にも立たないと腹が立つのだろう。

それでも私は、この場で〝第五部隊の聖女〟として彼らの前に立ってみせる。

それが、私の推しを守ることになるのだから。

「一通り見て回りましたが、もう後は城詰めの医師に任せて大丈夫かと思います」

「ああ。……お前は」

アドルフさんが、私の報告を受けて何かを言いかけて、止める。

でもその視線は私の手に注がれていることから、心配してくれているのだとすぐにわかった。

「なんでしょう？」

それに気がつかないふりをしつつ、感激する。

はー、もう。なんでこんなに素敵なのかしらアドルフさん。

(本当に私の推しは優しいなあ。尊い。推せる。推してるけど！)

私の怪我だけじゃない。

アドルフさんは、第四部隊から向けられる聖女に対する視線を目の当たりにして、私の心が傷ついていないかも心配してくれている。

これに感激しないでいつするっていうのさ！

なんでかわからないけど、カレンさんとマヌエラさんが微妙な顔をしていた。

フランツさんは、めっちゃ包帯を巻かれていた。雑だな？

「それじゃあこれで合同訓練も終わりですし、解散でしょうか？　アドルフさんは隊長としてこの後のご予定はどうなさるのでしょう。隊の宿舎に一度戻るのでしたら私は先に帰りましょうか」

いつもの感じだと隊の人たちと反省会とかをして……なんだろうけど、結婚したからって私に気を遣ってくれているアドルフさんだからなあ。

晩ご飯の仕度が必要かどうかだけ確認しておきたいんだけど、さすがに他の隊の人たちがいる前では聞きづらいからあえてボカして質問をしてみる。

先に帰っていればたとえ晩ご飯が要らないにしても、用意だけはしておけるわけだしね！

推しが帰ってきた時に待たせるなんて言語道断ですから!!

部下想いのアドルフさんだから、その場合はきっと律儀に先に帰るよう言ってくれるだろうし晩ご飯の有無も教えてくれる気がする。

(帰りは市場に寄って……今日はいろいろお疲れだったしなあ、精のつく料理とお風呂の仕度もしようかな。デザートは何がいいかしら)

そんなことを考えながら返答を待っていると、アドルフさんは何故か私を睨むように見下ろしていた。そこに嫌悪感は見られないから怒っている……わけではなさそう。

えっ、何かあった？

思わず目を瞬かせて彼を見つめ返したら、ふいっと視線を逸らされてしまったではないか。

「……事後処理が終わったら迎えに行く。神殿で待っていろ」

「え？　は、はい」

「一緒に帰る」

それだけ言うと去って行くアドルフさんに、私は呆気にとられるのだった。

(えっ、ええ……？　推しが、デレた……？)

私は呆然としつつも言われた通り、大人しく神殿でアドルフさんが迎えに来るのを待っていた。

いやだって推しに言われたんだよ？

そりゃよっぽどのことがないなら従っちゃうよね！　本能的にね!!

（……どうしたんだろ）

アドルフさんのことだから、てっきり部隊の人たちともう少し話をして……とかそんな感じだと思ってたのになあ。

やっぱり私が第四部隊の人たちから睨まれたのを気にしてくれたのかな？

無愛想なようでそういう気配りができる人だから。

さすがみんなのアドルフさん！　推せる!!

（でも私はこれっぽっちも気にしてないんだよなあ。正直）

だって、あんな視線を向けられるのは神官時代からしょっちゅうなんだよね。

私たち神官は治癒ができるからどこでも重宝されると言えば聞こえはいいけど……その分、寄せられる期待という名前の重圧が酷い。

下級神官ってのは正直、治癒の能力をようやく扱えるようになったばかりのひよっこだ。

本当にちょっとした傷を塞ぐとかそのレベルでしかないのに、瀕死の重傷者のところに連れて行かれたってなんの役にも立てないってのが現実である。

それなのに『なんで助けられないんだ！』とか言われることがしょっちゅうあったよ。瀕死の人がポンポン治せたら苦労しないわっていう話だけど、治癒される側は『治癒できる人が来る』という期待しかないもんね。こっちの事情なんて知らないわって話。

その昔はね、治癒の力を持つ人間を全員〝聖女〟にして兵士たちをバンバン獣化させればいいじゃんって計画もあったらしいんだけどさ。

誰もが獣化で暴走してしまうことを恐れ、聖女は自分の命を削られることを恐れているからこそできなかったから、治癒できる人間を見つけ次第神官にして一部を聖女にしたってわけ。

そうしないと、どこで何が崩壊するかわからないから。

（……でも、そんな神官や聖女を気遣う人もいてくれる）

神官も、勿論聖女だって万能ではないのだ。

それでも友が、家族が、隣にいたはずの誰かが傷ついて今にもいなくなってしまいそうだったら……縋らずにはいられないんだと思う。

私ももし、アドルフさんが……第五部隊の人たちがそうなって、自分の力が足りなかったらきっと他の聖女たちに助けてくれって言ってしまうんじゃないだろうか。

（まあ、そんなことしたって断られることが目に見えているから、まずはそうならないように気をつけないとね!!）

ぐっと祈るふりをしながらそんなことを考えて、果ては晩ご飯についてまで考えている私はきっと不信心者って叱られる選手権の聖女代表に選ばれるに違いない。

そんなもんあってたまるかって聖女長様にお説教される未来まで見えた。ひえっ。

でもさあ、神鳥って呼ばれているのは実はただの精霊で、かつて獣人だったこの国の人間と親和性が高いから力を貸してくれているだけで神様の使いじゃあないんだよねー!!

そんな相手にいくら祈ったって奇跡は起きないと思うんだよ。

ゲーム知識で語っちゃうと不信心者どころか不届き者でフルボッコ間違いなしだから大人しくしているけど、ちょっとこう……重なる世界？　みたいな境界線の甘いところにいる別世界の存在であるその精霊は、こちらの世界の鉱石で繁殖をする希少種でしかない。

だけどその精霊ももう数が少なく、ここではない別の世界へと渡る準備をしているのだ。

(……精霊の願いを叶えれば、この国を護る力になる……)

それはゲームにない方向。

本来のエンディングとは違う道筋。

でもそれこそが、私が見出した活路だ。

(守りたい。推しには平和な世界で、普通の幸せを手に入れてほしい)

教会の人間は、神鳥の願いを知っている。

それは叶えようと思えば叶えられるのに、叶えてこなかったのは神鳥に旅立たれては困る王家と、教会の一部の人間。

それに気づいても、誰もどうにもできなかったのは、そういうことだ。

ゲームだと主人公たちが劣勢になる戦争の中でそれを知ってしまい、権力とかそういうのにしがみついている場合じゃないだろーってことで神鳥の願いを叶えて特別な力を得て最強形態みたいな特殊獣化をしてババーッと最終局面をクリアするんだけども。

(……上手くいけばいいなあ)

神鳥を前に、儀式を行うには――少しばかり、命がけだけど。

パートナーと絆さえ築けていれば、聖女にとって怖い儀式ではないとわかっている。

(でも私は……アドルフさんと私は、そういう意味での絆はきっと築けないんだろうな)

それでもいいと、私自身が決めているから後悔はないけれど。

ふっと顔を上げる。ついさっき、私の後ろの方で足音が聞こえて……止まって、そしてそのまましばらく静かだった。

他の人の気配はしない。

振り向けば、そこにはアドルフさんが眉間に皺を寄せて立っている。

「アドルフさん」

「……祈りの、邪魔をしてはいけないと聞いたことがある」

「問題ありません。神はそのような些事でお怒りになるほど狭量ではありませんから」

ふふっと笑う私はきっと聖女らしい慈愛に満ちたもので、神様に対して絶対の信頼を見せていることだろう。

そういう笑顔になるよう、努力しまくったからね!!

実際にはそこの神像はただのハリボテだと思ってるし、祈りの内容だって大抵半分くらいは『今日の晩ご飯なんにしようかな～』とか『パン屋さん間に合えばいいな～』とかそんなんだからね！

口に出してはいけない。絶対にだ。

バレると聖女長様と神官長様の説教が待っている。長いんだぞ、あれ。

「しかしよろしかったんですか？　部隊のみなさんと話し合いなんかが……」

「それは別の日でもいい。今日はアンタだって疲れている」

「私ですか？」

「ああ」

神殿を出て、廊下を連れ立って歩く。

ひたりとアドルフさんが、こちらに視線を定めた。

夕焼けでキラキラ光る金の髪に、見惚れるくらい綺麗な緑の目。

それが今だけは、私を見ていた。

「アンタの方が辛かっただろう」

「……慣れて、いますよ」

「それでもだ。慣れたとしても、人は傷つく」

「……」

ああ、どうしてこの人はこんなにも優しいんだろう。

そうだ、その通りだ。

私だって傷つかないわけじゃない。

実力が足りなくて、気を失いそうになるほど頑張ったって、助けられない命もあった。

もっと早くにたどり着けていれば、治せていたかもしれない傷だってあった。

でもそれは『仕方のない』ことで。

私は自分が感じたこの『仕方のない』ことを、アドルフさんにこれ以上背負わせたくないと思って聖女になった。

この優しくて、背負ってくれる頼もしい人を幸せにしたいと思ったのだ。

そしてそれがやっぱり間違いじゃないってわかって、とても嬉しい。

「ありがとうございます、アドルフさん。さあ、急がないと市場が閉まってしまいます。晩ご飯は何がいいですか？」

だから私は聖女の笑顔でなんでもないことだと礼を言う。

貴方の、その優しさがあれば……私はいくらでも頑張れるから。

「……この間作ってくれた、豆のスープがいい」

「はい、わかりました！」

私は貴方に背負わせない。

貴方が背負ったものを、少しだけ軽くするの。

そのためになら、どれだけだって頑張ってみせると決めている。

推しへの愛ってすごいなあ！　無尽蔵!!

幕間　その温かさに惑う

縋ってはならない。

俺は、そう自戒して生きてきた。

この身を獣へと変えて敵兵を屠《ほふ》り続けるこの俺自身を、誰が呼ばなくてもバケモノだと呼ぼう。

だからこそ、イリステラを妻に迎えても俺は彼女を『愛せない』と宣言し、夫婦でありながら線を引いた。彼女が笑顔でそれを受け入れてくれたことに、安堵すらした。

真っ直ぐにこちらを見て、感謝と尊敬と、そして甘やかな言葉と献身をくれるイリステラ。

（ああ、くそ）

欲してはいけない。

この手は、敵をなぎ払った。

縋ってはいけない。

この手は、多くの味方を看取った。

俺は汚れきっている。

真っ赤に、自分の血で、敵の血で、全身汚れきっている。

心も、いつかはバケモノに成り果てる。いつかは俺も同胞に討たれるに違いない。

だがそうならないようにするのが聖女の秘術だとイリステラは言った。

実際に彼女の施術を受けてみると、これまで全身怠《だる》かったのが嘘のように軽くなり、獣化しても制御がしやすくなった。

（だがこんな便利な術、術者のどこにどう負担が生じているかわかったもんじゃない）

施術を受ける俺に弊害が出るならまだいい。俺の寿命が削れるなら、喜んで差し出そう。

しかし、それがイリステラに向いたらどうしようかと最近では恐ろしくてたまらない。

最近では、夜になると俺の部屋に来て施術をすると言い張る彼女の前でどうしていいかわからず寝たふりをするようになってしまった。

自分としても情けない限りだが、あの柔らかな手で、目で、俺のことが心底大切でたまらないと伝えられている気がしてならない。

そう思うと、どうしようもない気分になるのだ。

だが、気丈に振る舞っていてもそれだけ近くにいるからこそわかる。

イリステラは、疲れている。俺への治癒を続ける度に、日に日に疲弊しているのがわかる。

それなのに、俺を癒やすことは決してやめない。それこそ、俺が頼んでも。

（……くそ、なんで）

施術の心地よさで俺が寝たと信じ切っているイリステラが、ある日俺の髪に触れて嬉しそうに笑った。薄く目を開けている俺に気づかない彼女の笑顔は、自然なものだ。

『アドルフさん、もう少しだからね。そうしたら、幸せになってね』

その言葉は、心の底から俺の幸せを願うものだった。

でもその言い様は、まるでその時になったら彼女は傍にいないかのような、そんな言葉だった。

そっと部屋を後にした彼女を確認して、俺はベッドの上で身を起こす。

触れられた体は、調子の良さを取り戻している。

それと反比例するように、俺の心は沈んでいく。

(俺には、その資格はない)

愛することはできない。俺の罪は、俺が抱えていくべきだ。消えないものだ。

そしてイリステラは、イリステラで……幸せになるべき人だと、そう思う。

彼女の優しさも朗らかさも、俺のところにあっていいものじゃない。

(彼女こそ幸せになるべきだ)

愛したら最後、俺のこの血まみれの手では、彼女も一緒に汚れるしかなくなってしまう。

敵国からは疎まれ、この国では恐れられ、そんな男の腕の中にいて幸せになれるものか。

なのに俺は、彼女の温もりを知って……それを手放したくないなんて思ってしまっているのだ。

(なんて滑稽で自分勝手なんだろう、俺は)

彼女は俺を好いてくれている。それこそ、見返りなんて何も求めていやしない。

だからこそ俺は踏み込めない。踏み込んではいけない。

踏み込んだら最後――俺は、彼女を手放せなくなってしまう。

失ってしまった全てを、イリステラただ一人に求めてしまうだろうから。

「ああ、くそ」

悪態を吐いてみるものの、それは酷く弱々しいものだった。

誰もいないその部屋で、いつも彼女が腰掛ける椅子を見る。

彼女が好んで使う、俺がくれてやったハンドクリームの香りが残っているような気がして落ち着かない。そんなはずはないのに。

「……俺だけ幸せになったって、しょうがないだろ……」

呟いた言葉は、誰に向けて言ったものなのか。

俺自身も、よくわからなかった。

幕間　好意は好意で返された

「隊長の奥さん、普通にいい人だったねえ」

「そうだなあ、あの戦線にいたって言われても覚えてねえけど。フランツ覚えてたか？」

「……さあな」

第五部隊の宿舎では、帰っていったアドルフとその妻を見送った隊員たちがあれやこれやと騒いでいた。

元よりお上品とは縁遠い庶民の集まりであることから気安い会話の飛び交う場だ。

「しっかし隊長が結婚とはなあ」

「だけどよお、式も挙げなかったみたいだし……本当にそれであの聖女さん、良かったのかねえ」

誰もが気になる、アドルフの妻。

ただの女性ではなく、この国で最も注目される〝聖女〟であるから当然のことだった。

「マヌエラとカレンは覚えてたのか？」

「なんとなく、ですけれど」

「言われてみればなんとなく～？」

他の女性隊員たちも似たような反応であることにどっと隊員たちが笑う。

別に何かがおかしかったわけではないし、聖女を馬鹿にしての話でもない。

ただ、彼らは思い出しただけだ。

『はじめまして』

アドルフが連れてきた彼女が、楚々とした様子で自分たちの前に立った時、第五部隊の隊員たちは少しだけ身構えていた。

彼らは自分たちが粗暴で、危険な部隊と揶揄されていることを知っている。

そしてこれまで〝聖女〟と呼ばれる身分貴き神官が、彼らを忌避していたことも。

だから身構えずにはいられなかったのだ。

いくら慣れているとはいえ、蔑む目を向けられるのも、嫌われるのも、気分が良いものではない。

表面上なんてことないと笑い飛ばせるし、実際そうできるだけの心の強さが彼らにはある。

特に知らない相手から向けられる感情よりも、背中を預けて戦える仲間がいてくれるのだから恐れるものはないのだ。

だがそれでも、自分たちを嫌っている人間がその仲間の輪に入ってくるかもしれないと思えば身構えて当然のことと言えた。

何故その〝聖女〟イリステラが自分たちの隊長であるアドルフ・ミュラーを伴侶として選んだの

かはわからなかったが、彼女の一挙手一投足を確認して自分たちを、そして敬愛する隊長を守らなければ。

その時はそう、隊員たちの気持ちが一つになっていた。

だがそれは直ぐに奇妙な感覚へと変化した。

何故だか、隊長であるアドルフの隣に姿を見せたその〝聖女〟は、まるで……そう、たとえるならば憧れの舞台役者を前にでもしたような、恋しい人を見つけた少女のような。

とにかく目をキラキラさせて彼ら第五部隊のメンバーを見ていたのだ。

罵られたことならいくつも。

怖がられたことならばたくさん。

目を背けられたことはもう数え切れない。

そんな経験ばかりだった彼らはただただその反応に戸惑うばかりだ。

挙げ句の果てには『かつて救われた』『みんなのおかげ』『こうして会ってお礼が言いたかった』『ずっと応援していた』などと早口に投げかけられ、ぐいぐいと迫られては逆の意味で困ってしまうではないか！

最初はアドルフに気に入られるため、隊員たちに媚びへつらっているのではと懐疑的な目を向けていた者もいたが、具体的に誰がいつどのように自分を救ってくれて、それがどれほど心の助けになったのか滔々《とうとう》と捲し立てられてはひとたまりもなかった。

『本当に、ありがとうございました』

涙を浮かべて感謝の言葉を繰り返す聖女――イリステラを嫌うには、あまりにも第五部隊のメンバーは好意を向けられることに慣れていなかったのである。

彼らは決して甘い人間ではない。

裏切られることも、蔑まれることも慣れている分、そういった感情を持つ人間に対してとても嗅覚が働くのだ。だからこそ、イリステラの純粋な好意に戸惑わざるを得なかったのだ。

これまでだって死地での戦いで、同じように助けた命に感謝を言われたことはいくつもあった。

だがそれをずっと抱えたまま会いに来たと知ったその衝撃をどう表現するべきなのか。

イリステラという人間が、かつて死にかけの下級神官が、聖女にまで上り詰めて自分たちの前に来て感謝を述べた……それが何故だかとてつもないことのように思えたのだ。

自分たちに向ける感謝と好意、そして隊長であるアドルフに向けるもっと大きな愛情。

全身で自分たちに会えて嬉しいと訴える彼女に、どうしていいかわからなかった。

最終的にイリステラという存在を疎むよりは遠目に見守るか、あるいは近くに置いて動向を探るのが一番だろう、そう第五部隊の中で話がついた。

とはいえ、あくまで名目上のことであるのは誰もが承知の話だ。

好意を向けられたからじゃあ歓迎しようとまではさすがに格好がつかないので言いたくない。

「……うちも聖女が所属した部隊ってやつになったんだなあ」

誰かがぽつりと零した。

これまで獣神部隊で聖女が所属するのは決まって第一、第二の貴族集団だった。

縁がない。そう言ってしまえばそれだけの話だった。

第五部隊に所属する者たちにとって聖女はそれこそ人数が少なくて教会の奥深くにしまい込まれた宝物のような存在だった。

行事で時々姿を見かけ、人々を癒やすその力に神秘を感じたものだ。

勿論、普段から軍に所属してくれている神官たちを軽んじているわけではない。むしろ世話になっている分だけ恩義は彼らの方に感じている。

それでも人はその神秘に触れると惹かれずにはいられない。

特に獣化したことにより、いつ暴走するかと怯える心を内包する獣神部隊の隊員は救いを求める気持ちが強かったからかもしれない。

「聖女様が来てくれたってだけで、なんか嬉しいな」

「でもなあ、うちの隊長いい人だけど愛想がないからなあ」

「……せっかく嫁に来てくれたのに、聖女様に呆れられちまわねえかなあ」

第五部隊の中で不安が過《よぎ》る。

一緒に『自宅へ』帰るあの二人の様子を見る限り、仲が悪いわけではなさそうだった。

といってもじゃあ仲良しの新婚夫婦かと問われたらそれも違うと誰もがわかる程度には距離感が

ある。まあ恋愛結婚ではないのだからそれも致し方ないのだが。

「隊長に言って、もうちょっとまめに連れてきてもらおうぜ」

「そうだな、第五部隊で親睦を深めるってのも大事だよな」

「……下級神官だったってことは、あの人も貴族じゃないのよね？」

向けられた好意を無碍《むげ》にするほど彼らは、人を諦めていない。

彼ら自身家族のために立ち上がり、時に行き場を失って集まった者たちだ。

「我らが聖女様が、どうかこのまま第五部隊の救いとなってくれますように！」

願わくは。願わくはどうか。

第三章　引力には逆らえない

私とアドルフさんが結婚して、そろそろ半年が過ぎました。

ええ、ええ、推しとの生活がもう日常になっている……なんと素晴らしいことでしょう!!

おはようからおやすみまで私と共にあることに慣れたアドルフさんは、だんだんと素の表情を晒してくれるようになり……元々紳士でかっこいい人だったのが更に好感度アップっていうかね!!

(……落ちるなっていう方が無理だよね)

そう、私はもう現実から目を逸らすことをやめた。

前々からうっすら気づいちゃいたんだよ。

私はアドルフさんが、好きだ。

推しだし尊敬もしているし、そういう意味の好きは当然のことながら……異性に対する恋心としての、好きだ。

彼が町中ですれ違う子供たちの元気にはしゃぐ姿を見て、どこかホッとしたような顔をするところとか。見た感じわかりづらいけど！　可愛いんだからね!!

それから結婚して結構経つのに重い荷物は気づいたら持ってくれているところとか！

私が食後の洗い物をしている間にコーヒーを淹れてくれるところとか！

あと私がお風呂に行って出てきても、しばらくは部屋から出てこない。絶対に。

そう……ラッキースケベ的展開にはならないのだ。逆パターンはあっても。

（まあアドルフさんの場合、照れ半分、私への気遣い半分だったし）

体中傷だらけで気持ち悪いもの見せてごめんって言われた時は膝から崩れ落ちるかと思ったよ。

そのくらい私に気を遣ってくれているところも好き……！

今や上半身裸を見られた程度じゃ動じなくなりましたけどね、アドルフさん。

いいんですよその肉体美、存分に見せてくださいませ!!

おっとおまわりさん、出番はないです。反省しているのでお帰りください。

……とまあ、引力でリンゴが落ちるのが自然の摂理であるように、私もまた最愛の推しであるアドルフさんの傍にいて推し活しながら恋に落ちてしまったわけで。

そうなると乙女心ってのは厄介である。

彼を幸せにするために離婚も辞さないと決めていたし、実際その気持ちは変わらない。

だけど、他の女性と今のところそういう雰囲気になっている感じはないし、私にもミリ単位での、いやもうナノレベルでいいからそのくらい可能性は残されていないだろうか？

（ってそんなことを思っちゃうわけですよ!!）

……結婚初日にして『愛せない』宣言されちゃってるんですけどね!?

「どうしたらいいのやら……」

「大丈夫ですよ！　隊長は絶対イリステラのことを好ましく思っておいでですから！」

「そうそう。あの朴念仁《ぼくねんじん》の塊でしかない隊長が、あんたのためにちゃんと毎日自宅に帰ったり手土産買うところを見ているアタシたちの言葉を信じなさいって」

「……でも初っぱなから『愛せない』って言われちゃってるんですよ。そっから挽回できていないし、私もそれでいいって言っちゃったし。やっぱり見た目がちんちくりんだからかなあ」

実を言うと、最近は第五部隊の方々ともすっかり仲良くなりまして。

日中訓練の時間なんかに私もお呼ばれして救護を手伝わせてもらうついでに、カレンとマヌエラと仲良くおしゃべりもするようになったのだ!!　呼び捨てにできる仲になったよ!!

ふええ、美少女と美女に囲まれて眼福なのよお……。

とか言っている場合ではない。

彼女たちは早々に私の気持ちの変化に気がついて、何かとアドルフさんと私の恋愛成就に力を貸してくれているのだ!!

しかし今のところその結果は芳《かんば》しくない。

アドルフさんの中で私は『見知らぬ同居人』というランクから『それなりに親しい同居人』にランクアップしたところで止まったままなのだ。

そう、推しに尽くせる幸せを噛みしめ日々家事に勤しみ笑顔で接し、時にはボディタッチ（という施術）もしているけど、そういう雰囲気になったことは一切！　ない!!

清々しいほどにないのだ！　これっぽっちもな!!

むしろ最近は施術の際に寝ちゃうくらいアドルフさんが私に気を許してくれる、それがすっごく嬉しくて思い出すだけで顔がにやけちゃうんですけどね。

ただちょっとだけ、うん。

一回だけ魔が差したっていうか、抗いがたいものがあったというか。

寝ているアドルフさんの手にキスをしてしまいました。

好きだと自覚したら我慢できんかった。

さすがに頬とか額、唇にはとんでもないのでしてないよ!!

（あのゴツゴツした、傷だらけの手がこれまで多くの人を救ってくれたんだもんな……）

感謝と敬愛の念、そして愛しさが溢れて止まらんかったのだ。

反省はしているが後悔はしていない!!

この件については隠し通している。墓場まで持っていくつもりだ。

「……私はイリステラの中身だけでなく、見た目も可愛らしいと思いますよ？」

「ありがとう、ものすごく一生懸命フォロー考えてくれようとして」

「話を聞いている限り、あんたは成長期も戦場まっただ中で過ごしちまったみたいだし……栄養不良のせいで小柄なんだと思うよ。確かにアタシに比べたら細身だとは思うけどさ、でも別におかしいってことはないしそんな心配しなくたって……」

「……いやあ、カレンたちみたいにナイスバディだったり美人だったらなあ……」

ははは、と思わず遠い目をしながら乾いた笑いを浮かべてしまったよ！

そう、カレンが言った通り、私は成長期を戦場で過ごしたため、必要な栄養が足りていないものと思われる。その上、寝る間も惜しんで勉強、戦場、勉強と繰り返して今がある。

だからまあ……あまり成長にいい暮らしというのは送っていない。

それもこれも推しを救うためだし、神官なんてそんな扱いなので仕方ない話なのだ。

栄養不足のまま成長した結果、私は平均身長よりやや低め。

しかもこれまでの食生活のせいか、胃が小さいらしく小食なため、スレンダー体型だ。

決してツルペタではない。

スレンダー体型だ。いいね？

私の容姿は実に平凡だ。

とりたてて美人でもなければブサイクでもない。

言われたように少しばかり痩せっぽちで、カレンから見たら小柄なのかもしれないけどチビってほどではないと思う。

ああでもアドルフさんからしたら、小さいかなあと思う。

あの人も似たような境遇だったはずなのに、なんでこんなに身長差があるんだろう。

異性だからってだけじゃないよね？　それならカレンもそうだもんね!?

（まあもしかしたらこの世界の私の親も小柄だった可能性もあるしね！）

ないもんを求めても仕方がない。

聖女の服があるからいい感じに清楚に見えるけど、髪も実に地味な黒っぽい焦げ茶色だし？

よく見ないと黒にしか見えない焦げ茶色の目だし？

ある意味で前世の自分と違和感がない容姿だったから混乱も少なかったのかもしれない。

肌は色白だけど……まあ、戦場に昔からいるせいか、アドルフさんほどじゃないにしろあっちこっち傷痕が残っている。

（改めて見ると、酷いもんだなあ）

今日は遅くなるから、先に帰って食事を済ませておけとアドルフさんに言われたので自宅でのんびり一人で過ごしているわけだけど……。

なんとなく一人で食べるご飯はちょっとめんどくさくて、ついつい適当に済ませてしまった。

まあたまにはこんな日もある。

アドルフさんの分は栄養を考えて作っておいたよ！　ぬかりはない。

それから少しボーッと過ごして、お風呂に入って、キャミソールみたいな下着姿で浴室に置いてある姿見の前に立って自分を観察している。

うん、何度見ても地味な上に傷だらけ。ついでにスレンダー体型。

（……まあ、変わりようがないよなあ）

これが私だもの。そこに不満はない。

ない、のだが……ただ男性目線から言ってそそるかどうかと問われたら、難しいところだ。

そこばかりは人の好みってものがあるからね！

（アドルフさんの好みはちょっと把握できてないけど……）

だけど私が男性だとしたら、カレンみたいなナイスバディや、マヌエラみたいな癒やし系美女を選ぶんじゃないかな。私みたいなタイプが彼を攻略するのは難しいと思うのだよ……。

くっ、現実はなんて切ないんだ!!

（二の腕とかは最近の食生活が潤《うるお》っているおかげかこうしてつまめるのにな……）

ぷにぷにとした触り心地はここ最近の栄養が満たされていることを証明している。

ただ欲しいところには肉がついていないっていうこの現実よ！

それが余計に悲しくなるんだけど二の腕をつままずにはいられない。

そんなことをしていたらガチャリと浴室のドアが開いて、当たり前だけどこの家に入ってくるのは私かアドルフさんなわけで、つまりそこには疲れた顔のアドルフさん。

「……ええと、お、おかえりなさい……？」

「……あ？　あ、ああ……ええと、ただいま？　いや違うな。あの、すまない……？」

思わずおかえりなさいって言っちゃったけど違うだろう私！

私がいると思っていなかったのだろうアドルフさんは珍しく呆けた様子だ。

そして私をてっぺんからつま先まで視線だけ動かして眺めたかと思うと、一気に眉間に皺を寄せてバァンと派手な音を立ててドアを閉じた。

「すまない!!」

わあ、そんな大声のアドルフさん初めて……って思わずときめいてしまったが、ときめいている場合じゃなかった。

（見られた）

見られてしまった。

いや下着を着ていたからね!?　裸を見られたわけじゃないけど!!

（貧相な体を見られてしまった……！）

しかも傷だらけ。

ああああ、なんてことだろう!!

好いてもらおうってようやく決心したってのにマイナスに戻っていった感が拭えない！

やはり私がアドルフさんに好かれようと思うのがいけなかったのか。

（天は我を見放した……!!）

あんなにお祈りしたのに！　夕飯のことばっか考えたからバチが当たったのか!?

だけどいつまでも膝をついたまま浴室を占領している場合はない。

アドルフさんがここに来たってことは、仕事上がりに鏡を使ったり顔を洗いたかったのだ。

(早く、交代しなくちゃ……)

でも今更ながら恥ずかしくもなった。

一応、私も年頃の乙女なのだ。

好きな人に下着姿を見られてしまったのだから、恥じらいくらいある。

ショックの方がでかいけども。

私は意を決して、着替えてから扉をそっと開ける。

「ア、アドルフさん……？」

そうっと浴室から出ると、リビングの定位置にアドルフさんは座っていた。

テーブルに肘をついて、組んだ手に額を押し当てるようにして……どうやらものすごく落ち込んで……いやあれは反省？　しているようだ。

「あの、アドルフさん……」

「すまなかった。いくら疲れているとはいえ俺の確認ミスだ。本当に悪い……」

「あ、いえ、あの私も不注意だったたっていうか、お目汚しで申し訳ないっていうか」

ああああ余計なこと言ってんじゃないぞお前ええええ！

思わず自分に心の中で突っ込んだ。

自虐ギャグはこの雰囲気の中では最も悪手！

生真面目で気配り上手なアドルフさんが案の定眉間に皺寄せちゃったじゃねえか!!

謝れ、謝るんだイリステラ！　全人類に謝罪するつもりでフォローしろ!!

心の中の自分が鬱陶しいくらいに吠えるし自分でもそう思うんだけど、こういう時に人間って上手いこと口が回らないんですよ。

「あああああの、ご飯作ってありますので！　アドルフさんもお風呂とか入って」

「肩の傷痕」

「え」

「足にも、傷痕があった。あれは……戦場で、負ったものか」

ひたりと見据えられた緑の目は、私に誤魔化すことを許さない強さがあった。

私はそこから目を逸らすこともできず、気がついたら頷いていた。

「……下級神官、でしたから」

「そうだったな」

「戦場には、治癒魔法をそれなりに使えるようになったらすぐ行きました。傷を負うことは、下級神官たちにとっては毎度のことでしたので」

「……そうか」

「だから、気にしないでください」

自分たちに治癒魔法を使うことができたら、残っていなかったかもしれない。

私の他にも傷だらけの神官たちは、大勢いた。

神官なんて呼ばれるには、あまりにも血まみれな自分たちがおかしかったくらいだ。

中には傷だらけの自分を悲観して、心を病んでしまう子もいたほどに。

私たちが怪我をしないように、軍では気をつけてくれていたけど……それだって、戦争中のことだもの。しかも前線とくれば、万全なんてことはない。

「食事、温めてきますね」

「……ああ」

だから、アドルフさんがそんなに傷ついた表情になる必要なんてないのだ。

彼のせいではないのだから。

★　★　★

お風呂でドッキリ☆なんてしちゃったせいなのか、少々アドルフさんとの間には気まずい雰囲気が流れるようになってしまった……。

あれ以来アドルフさんは私と視線を合わせようとしないのに、どこかこう……過保護っていうかね？　気を遣ってくれることが増えていてね？

（前から重い荷物は持ってくれるし、食事を作ったらお礼を言ってくれるのとか、そのあたりは変わらないんだけど……）

なんていうんだろう。

小さい荷物ですら持ってくれたり、基本的にアドルフさんが私の送り迎えをするようになったりって感じで。

いやもう、推しで好きな人にそんなことされたら余計に惚れてまうわ!!

（もう諦めるべきだってわかってんのに困るなあ……）

アドルフさんは単純に私のことを『可哀想な生い立ちの女の子』くらいにしか見ていないんだよなあ、体格差的にも。あらやだ切ない。

でも推し活はしていくので、落ち込んでいる場合じゃないんだけどね！

今日も戦況の変化に関する情報が届いたので、第五部隊内で共有をするための会議みたいなものが行われたワケなんだけど……。

なんで会議『みたい』なのかというと、半数が居眠りするからだ！

その会議が終わったら各自で自主訓練ってことになっていたから、私はアドルフさんと一緒に帰る予定だったんだよね。

「隊長」

「どうした」

「隊長に、その、客が……」

「……客？」

いつも大声のフランツさんが煮え切らない感じでボソボソとアドルフさんに耳打ちする。

そしてアドルフさんは眉間に皺を寄せたかと思うと、大きなため息を吐いた。

（……なんだなんだ？）

「イリステラ、そこでそのまま待っていろ。すぐ戻る」

「え？　あの、お客様が来ているなら別に私は一人でも帰れますし……」

「ダメだ」

「カ、カレンやマヌエラに送ってもらうって方向では」

「ダメだ。待っていろ」

強く言われてしまった。最近じゃあずっとこんな感じだ。

忙しなく出て行ったアドルフさんを見送って、会議室からはみんなもパラパラと出て行く。

私は手持ち無沙汰になってしまった。待機しろと言われてしまったからには待機するしかないのだけれど……仕方がないので、同じ椅子にもう一度座るしかない。

「愛されちゃってるじゃーん、イリステラ！」

「……カレン」

陽気にそんなことを言ってくるカレンに、思わず恨めしい目を向けてしまう。

彼女はカラカラ笑って机に腰掛け、私の肩をポンポン叩いてくれた。

そして一緒に残ってくれているマヌエラも微笑んで私の隣に腰を下ろす。

「そうですよ。隊長があれだけ気に掛けているっていうのはとても大切にしているってことの表われです！」

どうやらアドルフさんが戻ってくるまで、二人は一緒にいてくれるつもりらしい。

持つべきものは友達だね!!

「……いやあ、それがさ、二人とも。……実はさあ」

しかしその慰めは今の私には響かないんだよ。

他の隊員が会議室からいなくなったのを確認してから、私は二人を手招きする。

「この間、たまたまアドルフさんに着替えているところを見られちゃって」

「おっ、進展……？」

「そうじゃないの。私ね、肩と足に結構大きな傷痕があってね……アドルフさんはそれを見てからものすごく気を遣ってくれるようになったわけ」

決して色恋沙汰による過保護じゃあないんだよなあ！

という悲しい事実を二人に正直に話すとカレンは天を仰ぎ、マヌエラは机に突っ伏してしまった。

「ごめんよ、そういうことなのよ……期待と違って本当にごめん」

「いや、それは隊長が……あの人、いい人なんだけど、あー……もう!!」

「ごめんなさい、イリステラ……」

二人は私の恋を応援してくれているだけあって、この話にがっくりきてしまったようだ。

大変申し訳ございません。

私よりもずっと落ち込んでしまった二人に『傷痕なんてアドルフ隊長は気にしない。だからイリステラも気にしないで！』って二人からフォローされて励まされてほっこりしちゃったよね。

「……なんか外が騒がしくない？」

「そういやそうだね」

「何かトラブルでもあったんでしょうか……？」

私たちは、そうっとドアを開ける。何か襲撃があったという雰囲気ではなさそうだ。

他の隊員たちも騒ぎを聞きつけ二階から下を見ている。野次馬かよ。

でもおかげで、どこで騒ぎが起きているかわかったからいいけど！

この第五部隊の宿舎は二階に会議室と隊員たちの私室がある。

会議室は入り口から吹き抜けになっている場所が近いため、その様子が丸見えなのだ。

（……ってことは、さっきフランツさんが言ってた『客』は応接室に案内されずにホールで対応しているってことになるけど）

招かれざる客、しかもアドルフさんが呼ばれるって相当だな？

となると王城からの使い……だったら応接室か。

「見に行ってみますか？」

「そうだね、何が起きているのかわからないし……あ、でもアドルフさんにここで待てって言われているのに大丈夫かなあ」

「大丈夫でしょ、アタシたちがついてるんだし！」

頼もしい二人の言葉に私も頷く。

何かあったなら彼女たちがいてくれた方が、アドルフさんにとってもいいはずだ。

それでも一応こっそりと気づかれないように、騒ぎが起きているであろうホールを見下ろせる位置まで移動する。

そこには言い争う……というか一方的にアドルフさんに詰め寄る女性の姿があるではないか。

彼女が大きく騒ぐ声が響いたのかと納得する半面、私はその人に目が釘付けになった。

（うん？　あれ……）

あの女性、見覚えがある。

知り合いではないし、市場とかでよく顔を合わせる、とかでもない。

そう、あれは【ゲーム】でちょいちょい名前と回想で出てくるアドルフさんの妻ではないか!!

グラフィック的には立ち絵が一種類だけという扱いだったけど、しっかりはっきり覚えている。

とても美人に描かれていて、その通りのボンキュッボンの美人が私の眼下にいるのだ。

（……でも、今のアドルフさんの妻は私だ）

だから彼女はゲームのストーリーでいうところのアドルフさんの友人で、同じ救済院出身の男性と結ばれたりとか他の人と……ってなると思ってたんだけど、どうにも様子が異なる。

ゲームの中では『アドルフのことは別に好きじゃなかった』『この子もアドルフの子じゃないけど、育てるのにはお金が要る』『いい人だった、でもそれだけ』的な発言を女主人公に語るのだ。

戦争で貧しく、養われたくてアドルフさんと結婚したが戦場に行きっぱなしの夫と愛を育めるはずもなく、彼らを心配してくれる共通の友人と浮気。

そして夫を亡くしてそのまま遺族としてお金を受け取る……という倫理観ではアウトなんだけど、戦争の厳しさを感じさせるシーンとして描かれる女性。

名前は、そう、エミリア。

私の位置からではアドルフさんの表情はわからない。

(アドルフさん……)

彼は今、どんな気持ちなのだろう。

私と結婚してしまった後悔？

誠実さと、彼女への思慕での間で板挟み？

こうすることが正しいと思っていたけれど、本当にそうだったろうかと私は自問する。

答えは出せそうになかった。

「どうしてっ、どうしてなのよアドルフ！　……あたしはずっとアドルフとッ……」

美人でナイスバディ、両方兼ね備えた女性が悲しげな表情で縋りつく。

それをアドルフさんは突き放すでもなく受け止めているのを見て、胸が痛んだ。

隊長が拒否しないからだろう、周囲の人たちもどうしていいかわからないように見える。

（ああ、やっぱり）

ゲームでは彼女を選んだだけあって、二人の関係は……ぽっと出の私よりも、ずっと親しいもので間違いない。

私は献身を捧げてきたけれど、それだけだ。

アドルフさんからしてみれば……ただの気のいい同居人に過ぎない。

（流れは、変えられないのかもしれない）

私は珍しく、弱気にもそう思ってしまった。

胸がズキズキと痛む。

私と結婚する以外にもアドルフさんを救う方法はあったのかもしれない。

エミリアさんだって忙しさが原因で浮気したなら、私が第五部隊に参入するか手伝える状況さえ作れば環境が変わって、両思いになっていたかもしれない。

かもしれない、だけじゃどうにもならないとわかっていても、次々と頭に浮かぶのは、アドルフさんの本当の幸せを私が壊してしまったんじゃないかという恐怖だった。

「まーた来てんの？　あの女」

「えっ」

　ところが、その事実に落ち込んで俯いた瞬間に聞こえたカレンの冷たい声に、思わず勢いよく顔を上げることになったのだ。

　カレンは基本的に第五部隊の人以外に辛辣なところがあるけど、それでもこんなに冷たい声は初めて聞いた。驚かずにいられるかっての。

「本当に諦めが悪いですね……隊長は以前もはっきりとお断りしたはずですのに」

　それどころか誰にでも人当たりのいいマヌエラまで聞いたことのない冷たい声でそんなことを言うではないか。落ち込んだ気持ちもどっかに吹っ飛んだわ。

「あ、イリステラお気になさらず。あの方はアドルフ隊長のお知り合いです」

「そ、そう……なん、だ？」

「そうです。大分前、そうですねえ、ちょうどイリステラが隊長と結婚するほんの少し前ですか。隊長のご友人が戦渦で怪我を負って、彼女がそれを支えていたそうですが……やはりこのご時世で生活が苦しいとのことで、隊長にお金を借りに来たんです」

「……ほほう」

　うん、それは確かゲームにもあった。

　男主人公のストーリーでアドルフさんの回想録みたいなものがあり、その際に男主人公が『どうしてあんないい人を、助けてくれた友人を裏切ることができるんだろう……』みたいに言うシーンがあったんだよね。

人の汚さを垣間見た主人公が人を信じられなくなっていくストーリーだ。

怪我をした友人にお金を貸して、その挙げ句に奥さんを寝取られるってどんだけ不幸属性をアドルフさんに背負わせるんだよ制作者ア……!!

思い出すだけで腹が立つわぁ。

「で、隊長ったらお人好しにも結構な額を貸したんです。少なくとも普通の家庭なら一年以上は暮らせる額をポンッとみんなの前で。あれは圧巻でしたね」

「まあアタシも家族に仕送りする以外、そんなに使い道もないし……獣神部隊は給料がいいから、ちょっと貯め込みゃすぐ貯まるような額だけどね」

「そうなの?」

「はい。……ところが、イリステラと結婚した後くらいだったかしら。彼女が宿舎にやってきて、お金が足りなくなったからまた貸してほしいって言い始めたんです」

(えええ? 一般市民が一年は暮らせる生活費をもらっておいて、私との結婚直後ってことは……アドルフさんが貸してすぐじゃない? それ使い切っちゃったの!?)

いくら治療費がかかるにしろ、それでも減り方が激しすぎる。

思わず「わけがわからないよ……」と呟いた私に、二人も大きく頷いた。

「ほんとそれよねー、隊長のこと無尽蔵な財布と勘違いしてんじゃないのかってアタシたち含めみんなうんざりしてるんだもん」

「それで、どうなったの？」

「隊長は『自分も結婚したからそんなに余裕がない』という旨を告げて、それでもまた少しだけ彼女に渡したんです。するとあの人は『結婚しただなんて聞いていない』と怒り始めて……」

「え、なんで？」

「わかりません。どうやら彼女は隊長が自分のことを好きだと思っていたらしく、でも隊長は違ったみたいで」

「……？　……？　えぇ……？」

「やだイリステラ、すっごい苦いもの食べたみたいな顔してて笑えるウ！」

カレンが私の背中をバシバシ叩いてくるのが結構痛くて思わず正気に戻ったけど、宇宙猫ってこういう気持ちなのかなって思うくらいには意味がわからない。

（ゲームの中でアドルフさんとエミリアさんがどういう感情だったかまではわかんなかったけど、え、好かれてるって自信があったから我が儘とか無茶ぶりとか浮気したってこと？　え？　意味わかんない）

好きではない人に好かれても困る、とかならまだわかる。

でも好かれてると思っていた相手が自分以外と結婚した、だから怒るってのはわからない。

いや待て、彼女ももしかしたら好意を口に出せなかっただけで実はアドルフさんのことが好きだったかもしれない？

それでもし両片思いで、その友人に関してはただの、本当に善意で面倒を見ているだけで、いやでも友人のためにそう何回もお金を代わりに借りに来るとかするかな？

だけど、もしも私の予想通りだったら……そうだったら？

（……私の第一目標は変わらない。アドルフさんを、幸せにする。だからアドルフさんが彼女のことが好きで、ただ我慢しているだけなら……）

それなら、私は身を引こう。

失恋確定は辛いけど、今の段階ですでにほぼ確定していることだ。

まったくもって体型からして勝ち目がない!!

なんだあのけしからんナイスバディ。質素な服着てるのにすごいじゃん!!

「でも笑っちゃうのがさぁ～、当て付けよろしくあの女、その『友人』と結婚したんだよね～。隊長に拒否された直後にそれで祝えって来てさあ、笑っちゃうかと思った！」

「……え？」

「で、なんだかんだその友人さん？　も傷も治って今は働いてるみたいなんだけど、相変わらず生活が苦しいのか夫婦間で上手くいってないのか……時々、ああやって隊長のこと訪ねてくるわけ。追い払ってもしつこく居座るし、本当に困ってたらほっとけないって理由で隊長も会ってんの」

「そうなんだ……」

私は応援しようと思った気持ちがスンッと冷めるのを感じた。

うん、ないわ。

双方既婚者とかだめでしょ、倫理的にもアウトでアドルフさんが幸せにならない！

いやでもアドルフさんが彼女を想っていたらどうしよう？

その場合両思いなら彼女の旦那さん兼アドルフさんの友人を説得して……とかいろいろなことが頭を巡った。

私は思わずカレンとマヌエラの方を見て、問う。

「アドルフさんは彼女のことどう思ってるのかな」

「鬱陶しいって言ってた。その怪我した友人ってのが大事みたいよ」

「えっ」

「ここに来ては誘惑してくるし金をせびってくるし、昔はあんなじゃなかったのにって感じで隊長も困ってるみたい。例の『友人』なんて顔も見せに来たことないんだよ？　不義理だよねえー!!」

カレンはエミリアさんとその夫に対して、相当な不満を抱えているようだ。

でも確かに、私も話を聞く限り……あまり好意的には彼らのことを見ることができない。

（あっ、アドルフさんが抱きついてきたエミリアさんを剝がした！）

そのことにエミリアさんがキッと睨み付けるようにしてアドルフさんの胸を叩いて……遠くから見てると、あれって痴話喧嘩にしか見えないんだよなあ。

「夫婦生活が上手くいってる!?　嘘言わないでよ、アドルフなんかと結婚したい女なんていないの！　騙されてるんじゃないの!?」

彼女が叫ぶ声が、響いた。

その内容に思わず私は頭が真っ白になって——気がついたら立ち上がっていた。

「ねえ、あたしたち昔からよく一緒にいたじゃない。あたしたち以上にアドルフのことわかってやれる人間なんていないのよ、だから……」

「アドルフ隊長はこちらからお願いして夫となっていただいたのです。私が願い、望んだ方で間違いありません」

私は階段の上から、ゆっくりとできる限り優雅に、これまでの聖女教育で培ったものを見せつけるように微笑んで彼女を見下ろす。

そう、聖女らしく微笑んでね！

「そちらの美しいお客様を是非ご紹介していただきたいわ、旦那様」

「……」

アドルフさんが、少し驚いた表情でこちらを見上げて何かを言ったように見える。

けれど私の耳には聞こえない。

私の名前だったらいいなと、そう思わずにいられなかった。

だけどそれはきっと高望み。私もその程度は弁えているつもりだ。

ゆっくりと階段を下りる私の姿を見るアドルフさんは、とても難しい顔をしていた。

この場に私が現れたことは、彼にとって嬉しくないことなのだろう。状況がややこしくなるばかりで、面倒なんだと思う。確かにそうだ。

だから、本当なら我慢しておくべきことだった。

妻として、夫を信じて待つべきだったのかもしれない。

でも、これだけは譲れないのだ。

(私の！　推しを!!　馬鹿にされて黙ってられるかっつーの!!)

アドルフさんと結婚したい相手がいない？

いないわけないじゃん、私を筆頭にたくさんいるわボケぇ！

そう叫びたいのを堪えて、表面上どこまでも穏やかな聖女スマイルを浮かべる私。

だけど、きっと目は笑ってない。心底腹が立って仕方がない。

後ろの方から聞こえるカレンたちの『いいぞやっちゃえー』なんて声援に背中を押されるようにして、私はゆっくりとした足取りのままアドルフさんの隣に立ち、エミリアさんを見据えた。

「初めまして。アドルフ・ミュラーの妻、イリステラと申します」

どこまでも優雅に！

どこまでも穏やかに、笑みを絶やさず!!

それは聖女教育の一つ。聖女になるにあたり、みっちり仕込まれるのだ。

聖女は兵士にとって怒りを向ける矛先の一つであり、民にとっては救いの象徴だ。

そんな偶像的なものを押し付けられてもこちとら困ってしまうわけだけども……。

なんせ、聖女も生身の人間ですのでね！

そういう象徴的なものは王城の奥で守られている国王がやるべきだと私は思うんだけどなー!!

王家からしたら民の不満的なものから体《てい》よく盾にできるちょうど良い存在ってワケだ。

まあそれはともかくとして。

「アドルフさん？　紹介してくださらないの？」

私の言葉に、彼はため息を吐いた。

私に引く気がないことも、いつまでもエミリアさんと接触させずにはいられないこともわかっていたので諦めがついたのかもしれない。

「……俺と同じ救済院出身で、友人の妻の、エミリアだ」

「まあ、それじゃあ幼馴染でいらっしゃるのね？」

「……そうだ」

苦々しげな表情のアドルフさん。ごめんね！

それにしても『友人の妻』かあ……同じ救済院出身の友人っていう紹介じゃなかったことに少しだけ引っかかるものを感じる。

やっぱりカレンやマヌエラの言う通り、アドルフさんも彼女に対してはあまり良い感情は抱いていないのだろうか？

「幼馴染でしたら心配になるのも仕方ありませんね。ですがご安心ください、私は自らの意思でアドルフさんを伴侶にと望みましたし、彼の地位や名誉、ましてやお金が目的ではありません」

「なっ、なっ……なんって、なんでっ！　そんな……！！」

「これでも聖女の端くれ。第五部隊もそうですが……国のために身を粉にして尽くす獣神部隊の方々を常々尊敬しておりますので、神より授かったこの治癒の力がみなさんのお役に立てること、とても嬉しく思います」

そっとアドルフさんの腕に手を添えて、エミリアさんを見てにっこりともう一度笑顔！

目指すは聖女長様やアニータ様が普段民衆の前に出る時に浮かべる優雅スマイルだ！！

できているかはわからんけども。

「私はアドルフさんを伴侶にできて、とても幸せな日々を送っておりますのよ？」

「ど、そん、えっ？」

「優しくて頼もしいですし、ずっと憧れていた方に尽くせることがこんなにも幸せだとは思ってもみませんでした。ですから、ご心配いただくようなことは何もないんです」

だから安心してアドルフさんのことは任せてもらいたいな！

心からの気持ちを丁寧に伝えられたので、私は大満足である。

そうだ、私は地位も名誉もお金も必要ない。私が求めているのはただ一つ。

アドルフさんの、幸せだ。

全てを諦めてしまっているかのようなアドルフさんに、希望を持ってもらいたい。

彼が心から大切にしたいと願う相手と、愛し愛される暮らしができるよう、幸せな未来を歩めるようになってもらいたい。

私は、それをサポートし続けるって決めている。

だから私はエミリアさんの『アドルフなんか』って言葉は許さない。許せない。

そんな心の底からの言葉に説得力があったのか、はたまた聖女という役職が効いたのか。

エミリアさんは動揺で呆然としていた表情から一転、唇を噛みしめていたかと思うと私をキツく睨み付けて、何も言わず踵を返して駆け出して行ってしまった。

「……あら、まあ」

さすがに何も言わずに背を向けて走り出したのは想定外だったな!?

嫌味の一つや二つ、なんだったら百個くらいは言われる覚悟で立ち向かったのに。

どうしたもんかと隣のアドルフさんを見上げたら、彼もまた驚いた表情で私を見つめているではないか。

「……アドルフ、さん？」

こちらも彼女がここを去った後にてっきりお説教の一つや二つや三つくらいはあるかと思ったんだけど……アドルフさんの綺麗な緑のおめめがまん丸になって、随分と驚いているではないか。

それが珍しくて、見つめられたままの私も思わず見つめ返してしまった。

(ああ、綺麗な目)

アドルフさんのこのエメラルドグリーンの目が本当に綺麗で、私は思わず手を伸ばしかけて――

次の瞬間、ハッと我に返った。

「やったじゃんイリステラー!!」

「すっげえ熱烈な告白！　ひゅーひゅー!!」

経緯を見守っていたらしい第五部隊の隊員たちが一斉に囃《はや》し立てたからだ。

伸ばしかけていた手を握って、私は動揺を隠しながら抱きついてくるカレンを受け止める。

(私、今、何しようとした？)

異性として好きで、誰よりも大切で尊敬できる人で、最も尊い私の最推し。

その人に、私は手を伸ばしかけたのだ。

触れたい、もっと近づきたいだなんて。そんなことを考えてしまった。

(愛せないって言われてるって自覚しろ)

どんなに想ったって、それが現実だ。

目標は変わらない。

誰よりも、アドルフさんが幸せになれるように。

アドルフさんの幸せが、私の幸せ。

（……そう、だよね？）

わあわあ賑やかになった宿舎の中で、私はまだ隣にいるアドルフさんをちらりと盗み見る。

もう視線は、合わなかった。

★★★

盛大な愛の告白モドキをしてしまってから、アドルフさんが一層おかしくなった。

いやおかしいって表現はだめだな!!

うん、ええと……そう。これまでの過保護さが増して、なのに距離ができてしまった。

家での施術は断られることもないけど、歓迎されていない雰囲気になってしまったのだ。

（……まるで、最初の頃みたい。ううん、最初より距離がある、かな）

やはり幼馴染の女性に対して、失礼な行動を取ったことが原因だろうか。

落ち込む。非常事態である。

それでも家事はきちんとやってるし、なんだったら最近は第五部隊の宿舎についてみんなが訓練している間は掃除だってしちゃうし賄《まかな》いも作るし、隊長の執務室にあった書類も分類しておいたりと……やることがたくさんあると、気が紛れていいねえ。

どうやら結婚した当初に第五部隊の宿舎に私が招かれなかったのは、エミリアさんの件があったからだと知って少しだけ安心したのだ。

隊員たちと！　遠ざけたいわけじゃなかったー!!

「イリステラ、大丈夫ですか？」

「マヌエラ……うん、私は大丈夫。今日のお昼はね、具だくさんのスープとパンにしたの。サラダはそっちから好きに取ってね」

「ありがとうございます。すみません、宿舎の雑務をやっていただいて……」

「いいのいいの。料理をするのは好きだから！　はいカレン、スープにお肉多めに入れておいたからね！　たくさん食べて」

「ありがと。って本当に大丈夫？」

「うん」

彼女たちはアドルフさんと私の雰囲気が微妙なことを察して、ずっと心配してくれている。

その親切さがありがたいし、深くは突っ込んでこないその優しさもありがたい。

本当にいい人たちで泣きたくなるくらい、箱推ししてて良かったと心から思う。

「……アドルフさんは？」

「隊長なら執務室に行ったよ。……あんたがいろいろやってくれて助かるけど、本当に無理してない？　大丈夫？」

二人がこんなに心配するほど、私は酷い顔をしているのだろうか。しているんだろうな。

アドルフさんと過ごす日々が当たり前のように幸せで。

彼を幸せにするつもりが、いつの間にか自分ばかりが幸せだったんだなと思うと……こう、とても胸が苦しい。

せめてアドルフさんの負担が減るようにと書類を分類するくらいはさせてもらっているけど、それだってもしかしたら余計なお世話だったかもしれない。

「……とか思い始めちゃったらさ、止まらなくなっちゃって。悪いことばっかり考えるとよくないってわかってるんだけどね」

ついそんな弱音をカレンとマヌエラに吐いてしまうと、彼女たちは顔を見合わせて私を抱きしめてくれた。

「ごめんね、うちの隊長が」

「本当にごめんなさい」

「え？　え？」

何故かヨシヨシされてしまった。美女二人からのヨシヨシとかどんなご褒美だ。

落ち込むのも悪くないかも……なんて思わずデレデレしてしまった私だけど、ハッとする。

アドルフさんだ！

食堂に現れた彼はなにやらキョロキョロと周りを見渡している。

（あっ、目が合った）

カレンとマヌエラと戯れているからなのか、私たちが食事をしているからなのか……なにやらアドルフさんは難しい顔をしている。

みんながワイワイ食事をする中で、ツカツカと歩み寄ってきたアドルフさんが私の前に立った。

「イリステラ」

「はい」

「……王城から呼び出しがあった。悪いが、今日は帰れそうにない。だから今日は宿舎に泊まれ、俺の部屋を使うといい」

「え？　そんな、悪いですよ。私だけでも家に帰って……」

「いいから俺の部屋を使え。決して単独行動をするな。いいな？」

「……はい」

有無を言わせない強い口調。

心配してくれているのだろうけれど、詳しいことは何も言ってくれない。

でも王城からの呼び出しということは、きっととても大切な話があるのだ。

「隊長言い方つめたぁーい」

「もう少し優しくなさらないと、奥様に愛想を尽かされてしまいますよ？」

「お前たちはさっさと食事を済ませて仕事に戻れ」

私の両側でまだ抱きしめてくれている女性陣が文句を言ってくれるけど、それで動じるアドルフさんではない。

そんな冷静なところもいい……さすが推し……どこまでも推せる……。

思わず心の中で拝んでいる私に、アドルフさんはチラリと視線を寄越したかと思うと背を向けた。

だけどすぐにはそこを去らず私の名前を呼ぶ。

なんだろうとジッと彼の背中を見つめていると、躊躇ったようにアドルフさんは肩ごしに視線を向けて、私に向けて「いってくる」と短く言ってすぐに去っていった。

「えっ！　あっ、あっ、い、いってらっしゃい！」

思わずそんな言葉を大声で言ってしまって恥ずかしい思いをしたが、さすが推し！

私の情緒をこんなにもジェットコースターにできるのは、アドルフさんだけですよ!!

周りが微笑ましいと言わんばかりの目を向けてきたが、アドルフさんが『いってきます』と言ってくれただけでも私は幸せなので許してやろう！

(しかもアドルフさんの部屋に泊まっていいとか幸せ)

まあ掃除で何度か足を踏み入れたことはあるんですけどね！

元々私物の少ない人だから本当に何もない、備え付けのベッドとタンスと机があるだけっていうね……もうちょっと物欲持ってもらおう。

少しでも、この暮らしを楽しいものだと思ってもらえるように。

浮かれた私はもう浮ついたこの気持ちをどうしていいかわからなくて、今夜の賄いも私に作らせてもらうことにした。

本当は隊員たちの中で当番制なんだけどね！

まあ幸い当番の人たちも喜んで交代してくれたのでお互いウィン・ウィンだね!!

(今日の晩ご飯は何にしようかなー！　アドルフさんがいってきますを言ってくれた記念に豪勢なメニューにしちゃおうかな!?)

だってもし王城での呼び出し理由が早く終わったら戻ってきてアドルフさんが食べるかもしれないし！　そう考えたらやっぱりしっかり作りたいよね!!

ははは、浮かれていますが何か。

そんなこんなでウキウキしながら届いた食材を確認する。

しゃがんで野菜を一つずつ確かめる。傷んだ物がないか、毒物の混入がないか。

地元の商家いくつかから届けてもらうそれらの品を確認するのも、隊で行う大事な業務だ。

勿論、他の隊員と一緒にだよ！　さすがにこの量を一人でやろうとは思わない。

そりゃ当番は代わってもらったけど、お手伝いを買って出てくれた人たちもいるんだから！

ちなみにカレンとマヌエラも挙手してくれたんだけど、二人にはお仕事が残っていたのでまたの機会にお願いすることにしたよ！

もうね、アドルフさんが戻ってきたら好きなものが食べられるように何を作ろうかな、なんて考えているとそれだけで幸せ。

推しの体が私の作った料理でできているなんて素敵じゃない！

あっ、なんかヤンデレっぽいけど違いますからね!!

私って本当に単純だなあ、あんなに落ち込んでたのにアドルフさんが「いってくる」って言ってくれただけでもうご機嫌なんだから。

でも推しの行動に一喜一憂して何が悪い。

「……あんた、本当になんなの？」

「……？」

一生懸命野菜を見ていたら、そんな声をかけられて私は思わず目を瞬かせて顔を上げる。

そこには、数日ぶりに見るエミリアさんの姿があった。

どうやら野菜を持って来た人たちの中に彼女もいたらしい。全然気づかなかったわ。

「え？　何がでしょうか？」

咄嗟に心にある聖女の仮面を被ったけど、間に合っただろうか？

いや他の人も隊員さんたちもどちらかというと、エミリアさんの態度にギョッとしているようだから私があほっぽい感じで野菜を選別していたなんて思うまい！

そうであってくれ。じゃないと聖女としての立場が……!!

「あんた聖女なんでしょ？　聖女なんて人が野菜を手に取ってニコニコしてるとかおかしいんじゃない？　あれでしょ、アドルフを助けるために嘘ついてるんでしょ？　ねえ、そうでしょ！　あんたみたいのが聖女だなんてありえないわ!!」

なんだかいっぺんにそう決めつけて大声をあげるエミリアさんに、私はただびっくりした。

嫌われてはいるだろうとは思っていた。

アドルフさんを盗った、とか。

お前なんかよりも見た目に優れている自分の方が相応しい、とか。

まあ次に遭遇したらその辺のことを言われる想定はしていたんですよ。ええ。

でもまさかの偽聖女扱いとは予想外すぎてびっくりしたわ。

びっくりしすぎて何も言わずに彼女を見つめる私を見下ろして、エミリアさんは嘲笑《あざわら》う。

「は、あはは、そうよね？　アドルフが聖女と結婚なんてないわよね！　ねえ、そうだって認めなさいよ!!　ほら、早く!!」

でも私が答えるより先に、周りの人たちが彼女の行動を咎めた。

咎めたっていうか、大慌てで彼女を黙らせて下がらせようとしたってのが正しいけど。

「エ、エミリアなにしてんだお前！」

「そ、そうだよ軍人さんの関係者に……それに聖女って、その人が本当に聖女なら、侮辱罪になるだろッ！　俺らまで巻き添えになっちまう……!!」

そうだ。彼らの不安は、当然のこと。

一般市民よりもこの国では軍人が重んじられる。なんたって、戦時中だから。

だから何かあっても兵士の方が擁護されやすいし、神官はもっと数が少ないから大事にされる。

聖女なんて、その最たるものだろう。

私は彼らを安心させるように、立ち上がって優しい笑みを浮かべてみせる。

「……どうぞご安心ください、みなさんを罰することなどありえません」

私はまず周囲の人たちを宥めることを選択した。

周りの隊員たちも剣呑な目をしているし、騒ぎを大きくするのは望ましくない。

「エミリアさん、私は正しく教会と国が認めた聖女です。そして重ねて申し上げますが、この結婚は私が望んだもので間違いございません。お疑いならば王城や神殿にお尋ねください」

まあそんなこととして彼女が妙なことを一つでも言ったら、逆に叱られちゃうとは思いますけどそこは知らん！　自己責任でよろしく!!

にこりと笑った私に、彼女はキッと睨み付けてきたけど……私は笑みを絶やさない。

周囲はハラハラしてるみたいだけど、どうせだったらとっ捕まえて連れて帰ってくれないかな！

だけど、少し話を聞いてみたい気もした。

この人が知っているアドルフさんを、知りたい。

何故、エミリアさんは……わざわざ彼を傷つけようとするのか。

聞いたからってどうにかできるわけじゃないけど。

「……アイツは、恐ろしい獣になるのよ」

「獣神部隊に所属する者は、いずれもそうです。その力で、みなさんを守ってくださいます」

「アイツが初めて暴走して獣化したのは、子供の頃よ。そして、あたしに怪我を負わせたの」

「まあ、そうだったんですね。その傷が今も痛むのですか？」

「……いいえ、そうではないけれど……」

私の問いに彼女は言葉を濁した。

だが余程恐ろしかったのか、彼女の目は爛々と憎しみに輝いていた。

「あたしは、アドルフが幸せになるなんて許さないんだから！」

「……それは、どうしてですか？」

「あんたには関係ないわ。でもアイツは理由を知っている。だから幸せになんてならない。アイツはあたしや、他のみんなに詫びながら尽くさなきゃいけないのよ！」

好き勝手喚いたかと思うと、彼女はさっさと身を翻して行ってしまった。

残された他の人たちからは酷く謝られてしまったけど、彼らが悪いわけじゃないし……私は気にしていない。

気になるとすれば、彼女が『アドルフは知っている』と言ったことだ。

頑なに幸せを手にしようとしないで危険に身を置く理由が、そこにあるのだろうか。

（だとしたら、私はそれをなんとかしなくっちゃいけないのでは？）

大局を見て戦争を終了させるための行動というのも大事だろうけど、それとこれはまた別問題だったりするのでは!?

いや、戦争を終了させるのってかなり大変なことなので、昔から働きかけてきたことがもうすぐ実を結びそうなこのタイミングで爆弾来たな……。エミリアさんめ……。

料理を一通り終えて残りは任せ、私は食堂で一息つきながらそんなことを考える。

「イリステラ？」

「あ、マヌエラ」

「どうかしましたか？　はい、お手紙が届いていますよ」

「私に？」

「ええ、教会から」

「教会から？　ありがとう！」

「珍しいですね、教会からお手紙だなんて」

「ああ、そうかも。でもきっと祭事についてだと思う。聖女に参加義務のあるものがあってね」

「そうなんですか」

答える私に、マヌエラが微笑む。うーん、美少女。

しかし彼女の目が教会からの手紙に注がれていることに私は気づいているぞ！

内容は暗号化されているし、彼女が見ても問題ないことにはなっているけど……詳しく教えるわけにはいかないんだよね。ごめんね、マヌエラ！

万が一にでも、この作戦がどこからか漏れてしまうと厄介なのだ。

決して彼女を信頼していないとかそういうことではないことだけはわかってほしい。

彼女も含め、みんなを守るために私も日々頑張っているんだよ!!

「……それより、さっきエミリアさんが来てさ」

「えっ、いつですか！」

「食材の搬入が夕方にあったでしょう？　あの時に彼女も来ていたの」

「そんな……大丈夫でしたか？」

「んー、まあ大したことは言われてないよ。大丈夫」

「なら、いいんですけど……何かあったなら、いつでも遠慮せず言ってくださいね？」

「ありがとう」

話題を誤魔化すためにエミリアさんの話題を出したんだけど、途端にマヌエラが嫌そうな顔をしたから思わず笑ってしまった。いけないいけない。

でもまあ、彼女が来たことは告げておいた方がいいだろう。

どうせ後で誰かから聞いてなんで教えてくれなかったのかって問い詰められるのが目に見えてい

るからね！　その前に言っておけば安心安全である。

（ごめんねマヌエラ）

私のことを信じて、案じてくれる良い友人。

そんな彼女に本当のことを言えないのは、とても心苦しい。

きっとマヌエラも、カレンも、本当のことを知ったら怒るに違いない。

でも、私たち聖女の悲願でもあり、そして本来は王家が成すべきことを秘密裏に成し遂げなければならないという重大な役目があるのだ。

そう、神鳥の願いを聞き入れて、この戦争を終わらせるために。

☆★☆

晩ご飯を食べ終えて、みんなと離れてアドルフさんの部屋へ。

（ふおお、推しの私室……!!）

私と結婚するまではずっと宿舎のこの部屋でアドルフさんが寝泊まりしてたと思うと、興奮して寝られない。

はー、推し、尊い。

どこもかしこもアドルフさんの匂いがする！　変態みたいな言い方になった!!

（っと……いけないいけない。堪能している場合じゃなかった）

まあ後ほど堪能いたしますが。

そこは恋する乙女でもあるので！　少しくらいいいでしょ!?

私はちょっと行儀が悪いとわかりつつもベッドに寝転んで、先ほど届いた教会からの手紙を開く。

そこには時候の挨拶から始まって、次の祭事についての相談事があるから王城に来るようにというような内容と、他愛ない世間話的なものがいくつか記されていた。

でもそれらには魔法と暗号とが複合化されている特殊な手紙で、差出人はなんとあのイケすかない第一王子のゲオルグ殿下だ。

正しい内容は、神鳥が求める鉱山付近への進行の許可がとれたというものだった。

儀式を行うにあたって準備があるから、それについて話があるということだ。

聖女長様とアニータ様もきっと同席することだろうが、実際に儀式を執り行うのは私である。

（余計なお世話だってのよ）

最後の一文に目をやって、ため息を一つ。

あとでこの手紙は暖炉にでもくべてしまおう。

『儀式のためにもアドルフ・ミュラーとしっかりコミュニケーションをとっておけ』

書かれていたのはその一文だ。

この一文の意味はただ仲良くしろって意味ではない。

実は、聖女の結婚についてアドルフさんに語っていないことがまだある。

この結婚には深い意味がある。

私がアドルフさんに語ったように、聖女は獣化したことによって傷ついてしまった魂を癒やし、その力を常に発揮できるように保つこと……それが最たる目的だ。

そしてそんな聖女のことを夫婦という形で守るのが騎士の役目だ。

でも、実を言うとそれは建前なのだ。いや、国家としてはそれが目的なのである意味正しい。国からしてみれば結婚させることで守っているように見せつつ、足枷をつけているのでどうでもいいのだろうが、本当は違うのだ。

教会は聖女を守るために結婚させる。彼女たちを守るために。

そしていつかの本懐を遂げるために。

（……心と体を通わせれば、聖女は力を失わない、かあ……）

そう、聖女は獣化した人々の魂を癒やすのだ。自分の命を代償に。

だからこそ、治癒能力を持つ子供たちがいてもその全員が聖女になるわけではない。

勿論、聖女という存在が秘密の多いものだから、能力が足りない者を聖女として大切にするのは……なんて問題は山ほどある。

それなら能力の弱い者はそれこそ使い捨ての回復剤みたいに、前線に出せばいいじゃないかとか、なんて酷い意見だってあるのも事実。

とにかくまあ、いろんな人の思惑があってのことではあるんだけど。

命がけで癒やせ、なんて言われて誰がやれるだろうか？

それこそ、下級神官は戦場さえ切り抜ければ生きていける。

でも聖女は魂を癒やし続けるのだ。

部隊全体を癒やすのだと思えば、その恐ろしさはよくわかる。

（実際、私も……正直、結構キているしね）

大切に想う相手だからこそ、頑張れるけれど。

そうでなかったら逃げ出したいと思って当然なくらい、苦しいものだ。

言葉にできないような苦しさが、まるで心臓を鷲摑みにするような痛みを与えてくる。常時ではないからこそ、誤魔化しも利くけれど……これを長く続けろと言われたら、そりゃみんな適度に力を抜いて聖女にならないようにするだろう。

誰だって命は惜しいもの。

ただし、そんな聖女を救う方法も当然ながら、ある。

それは生命力の満ちた相手と体を重ねること。

相手から生命力を分け与えてもらえばいいっていうト、ン、デ、モ、理論である。

それは神鳥によって与えられた恩恵。

（私から言わせればそんな方法よくもってな感じだけど）

生き物としての自然の摂理らしいのだけれど……まあそれはともかくとして。

つまり、聖女は誰かを癒やし、体を重ねることで癒やされるってわけ。

その情報は戦争初期の頃、軍部とも共有していたそうで……そこで残念な事件が起こる。

戦争で功を焦った指揮官の一人が、聖女に癒やしを強要しただけでなく兵士たちに襲わせて奴隷のように使役したという事実が発覚した。

奇《く》しくも、一人の聖女が敵国に救いを求めて逃げたという事実をもって。

これに国も教会も、危機感を覚えた。

だが聖女の癒やしは必要だし、聖女の命を長らえさせることも重要な課題だ。

そこで結婚制度である。

聖女たちの人権を守りたいという教会の意思を汲《く》んで、国側は特に優秀な騎士……つまり獣神部隊から夫を選ぶ権利を与えたのだ。

正直、いい迷惑である。

自分の夫くらい好きに選ばせろよ。もしくはお見合い制度でも作れよ。

で、話は戻るが第五部隊はこれまで獣化して戦うことが最も多い部隊だった。

だから、本物の聖女たちは彼らを救うなんて自殺行為であるという恐れから選ばなかった。

偽物の聖女たちも婚約者と共にいるためだけに演じているので、選ぶはずもない。

総じて第五部隊は死者も多く、死神部隊なんて不名誉なあだ名をつけられたというわけだ。

「……アドルフさん」

ベッドからは、アドルフさんの匂いがするような気がした。

私だって恋する乙女だ。

あわよくば……なんて最近夢見ちゃったこともある。

愛し愛される関係になったら、一番なのになって。

事情を話したら、アドルフさんのことだから『夫婦だから』とか言って受け入れてくれるんじゃないかなって期待も、少しだけしてしまっていたことは否めない。

でも『愛せない』って宣言されているのにそんなことをしたら、責任感が強いアドルフさんは決して離婚しようとはしないだろう。

それは、私が望むアドルフさんの幸せなんかじゃない。

(理想は……この戦争を終わらせて、アドルフさんたちが命の危機に脅かされる日々から解放されて……それから、円満に離婚してどこかでひっそりと生きられたら)

だんだんとまぶたが重くなってくる。

日中に張り切って宿舎内を掃除してまわったせいだろうか？

手紙をそのままにしてしまったことが気がかりだけど、誰が読んでも大丈夫なはずだ。

でもできるだけ早く燃やさなくちゃいけないのになと思いつつも、眠気には抗えない。

(あとで……いっか)

アドルフさんのベッドで眠れるだなんて、幸せだなあ。

今はこの幸せを堪能したい。

そんなことを最後に、私の意識は途切れたのだった。


翌日、思いの外ぐっすりと寝てしまった私は『これがアドルフさん効果……』とわけのわからないことを呟きながら起きました。オハヨウゴザイマス。

寝ぼけててもこれだから自分でもびっくりだわ、ほんと。

とりあえず考え事しながら寝ちゃうとか、かなり気を抜きすぎだなと反省反省。

私は例の手紙を念のため暖炉にぶち込んでいつも通りに過ごしたわけだけど、昼過ぎにはアドルフさんが戻ってきて私たちに出撃が決定したことを告げた。

(出撃かあ)

聖女になってから、初めての出陣ってやつである。

神聖なる山周辺に敵影ありとのことで、来週には出発して退けるよう命令が下ったのだ。

といってもこれこそがゲオルグ王子の作戦なんだけどね!!

計画はこうだ。

本来なら王族しか入れない山なので、王子とアニータ様が行くのがベストである。

だが言い伝えを軽視する国王と、王族を危険に晒したくない重臣によってそれは阻まれている。

そこで神鳥の願いを聞き届ける役割を担《にな》う聖女である私を聖女長様が推薦する。

婚姻をした相手がいる獣神部隊ということで「それならば」と出撃を許可し、敵影が迫っているとかなんとかいって山まで行かせる。

で、神聖なる山なので伴侶を護衛に聖女は山に登って確認をするように指示を出しておく。

本来は王族のみが立ち入ることが許された場所ではあるものの、神鳥の意思を聞く者である聖女であれば文句も出ようがない。

万が一、山が荒らされて神鳥の望むものが失われていたら困るのは国なのだ。

そしてこっそり儀式を行う。

ちなみに敵影については嘘ではあるけど、いつ攻めてきてもおかしくはないのも事実。

ゲームストーリー的には敵国の将軍がこの国に恨みがあるって話も出てくるんだけど……そういやそこは深掘りされてたな。

あれも結構エグい話なんだよね……。

(まさかその将軍の母親が聖女で、かつて自国の兵士たちに乱暴された結果の望まぬ妊娠をし、敵国の兵士に救われて亡命……っていうキツい展開とは思わないでしょ)

そして亡命先の国で将軍を命がけで産んだけど、心を病んでそのまま……ってね。

神鳥の祝福である聖女になってしまったがために母親は傷つけられたのだ、それを利用したあの国が憎い……っていう感情でのし上がった将軍がいるとかそんなサイドストーリー重たすぎていらないからア!!

制作者ってば本当に病んでない？　大丈夫？　案件である。

まあそういう経緯と、聖女と獣化する国民という人的資源を求めてあちらの攻勢はなかなか弱まらないのだ。だからオーベルージュが神聖な山と崇めるそこにいつ侵略してきてもおかしな話ではない。というか昔からよく攻撃されている。

ただそちらに関しても殿下が裏で手を回し、なんとか講和をする方向で持っていっているそうだ。

勿論、表では出せない話ではあるけどね！

「……どうかしたのか」

「いえ、なんでもありません」

「またエミリアが来ていたと聞いた」

「食料を納品する方々の手伝いで、一緒に」

「……すまない」

出撃は来週以降と聞いてみんなが準備のために、解散した。

アドルフさんと私も、自宅へ戻る。

妙に彼が落ち込んでいる気がして、私はどうしていいかわからなくなった。

「……エミリアさんのことが好きですか？」

我ながらもっと言い方ってもんがあるだろうと言ってから思ったね！

だけど私の問いに、アドルフさんは首を横に振った。

「ダンの……友人の妻で、同じ施設で育ったというだけだな。彼女も俺を嫌っている」

「……」

「そこにいた子供たちの多くは、大体が戦渦による被害者だ」

ぽつりぽつりと、歩きながらアドルフさんは教えてくれた。

エミリアさんは戦で家が焼けたけれど、家族みんなで避難所に行って助かった。

だけれど避難所で恐怖から獣化して暴走した人が出た。

そして残念なことに、彼女の目の前で家族が全員、殺されてしまった。

保護者を失った彼女は救済院に預けられたが……当たり前だけれど、その心の傷は大きかった。

当時、同じ年齢層の中でもリーダー格だったそのダンという人が励ましてくれたおかげで、エミリアさんも少しずつ明るさを取り戻していったんだとか。

「俺はエミリアよりも後に入ったが、そこの院長が言っていたことだから間違いないと思う」

「そうなんですね……」

ところがある日、彼ら子供たちが救済院の手伝いで食糧を買い出しに行った際、強盗に襲われ食糧を奪われそうになるどころか、子供たちの幾人かが連れ去られそうになった。

「そして俺は初めて、自分の意思で獣化した。エミリアの目の前で」

強盗を殺さなかった。

暴走も勿論しなかった。

だけれど、エミリアさんはアドルフさんが獣化したことで、彼を嫌った。

獣化するやつが近くにいるなんて許せないと罵った。しかも狼だなんて、と。

自分がどれほど獣化した人間を恐れているか知っているクセにと泣かれて、アドルフさんは約束したんだそうだ。

贖罪として、エミリアさんの望みをできる限り叶えていくと。

（……ああ、だからか）

罪悪感だけで、アドルフさんは行動している。

家族を失っているのはアドルフさんも同じだ。

そんなからっぽの彼の中に、エミリアさんへの罪悪感があるのだ。

何もないアドルフさんだからこそ、それがものすごく……際立っていたんだろう。

ゲームにもあった彼女への献身も、そこに繋がっていたんだと思う。

「エミリアさんの旦那さんは……ダンさんは、それを許しているんですか」

「……気にしなくていいと言っていた。罪悪感など、俺が抱く必要はないと。自分が傍にいるから、
俺と彼女は距離を置いた方がいいと」

だけど、そのダンさんが怪我をした。

またもや、戦争のせいで。

エミリアさんのそれは、ただの八つ当たりだと思う。

兵士になったのに一向に戦を終わらせられないアドルフさんに、獣化する部隊に所属していることに、助けてくれたとしても彼女のトラウマである獣化をしたことに。

アドルフさんの行動一つ一つが、彼女にとって神経を逆撫でするものなのかもしれない。

私には、理解できないけど。

彼女は獣化という事象そのものに腹を立てていて、それがどうしようもないことだってわかっているからこそ……身近だったアドルフさんにそれをぶつけているのかもしれない。

(まあ、やっていいことではないけどね)

全て、ゲームでは語られなかったことだ。

だってここは現実だから。

もしもダンさんがゲームの中での不倫相手なら、いや、十中八九そうだろうけれど……エミリアさんのことを気遣って関係を求められても断れなかったのかもしれない。

ただ、それもアドルフさんを裏切っていい理由にはならないけどな!

とにもかくにも残念なことに『距離を置いた方がいい』というダンさんの発言自体は、当たっているということだ。

「イリステラ」

「はい」

「……お前も、第五部隊になって初めて共に戦場に行く」

「はい」

きっと、私たちの会話はどこを切り取ったって、夫婦らしくなんてない。

でもそれは当然だ。

私たちは名ばかりの夫婦。契約の、関係。

それもたった一年だけの……。

「無理だけは、するな」

「……はい」

それでもこうして気遣ってくれるアドルフさんが、とても好きだ。

推しだとか、推しじゃないとか、もうそういうんじゃなくて。

優しくて、からっぽで、自分がからっぽだから他の人がそうならないようにって全部譲っちゃえるようなこの人のことが、大好きだ。

(ごめんねアドルフさん)

アドルフさんは何も知らないまま契約結婚させられたっていうのに。

こんな私のことも心配してくれているのに。

無理をしないってそんな些細な約束すら、してあげられない。

(でもアドルフさんがもう戦場に立たなくていいようにしてみせるから)

美味しいものを食べて、のんびりした時間を過ごして。

くだらないことを言う私に笑いかけてくれる時間が増えて。

魂があまりにも疲弊していて、感情が薄れていたアドルフさんも、今ではかなり回復している。

もう少しだ。

あともう少しで、アドルフさんに『日常』っていう幸せを取り戻してみせるから。

ちゃんと約束しない私を、アドルフさんは静かに見ていた。

眉間に皺を寄せながら。

私はそれを理解していながら、気づかないふりをする。

「来週から出発するなら、食品はあまり買い込めませんね」

「治癒も出発前には念入りに行いましょうね。何があるかわかりませんし」

「……そうだな」

「それは、別にしなくてもいい」

「今日は特にお疲れだったでしょう？」

「それは王城で会議があったからだ。獣化したわけじゃない」

他愛ない会話で誤魔化す私。アドルフさんはとっくに気づいているはずだ。

だけど何も言わないで、普通に会話してくれた。

（こういうところが、優しいんだよなあ）

推せるポイントだよね！

本当、見た目もいいし紳士だし、気遣いもできるなんて最高の人だよ？

「アドルフさん、手を繋ぎましょうか！」

「……いやだ」

「そう仰らず！」

私が無理矢理手を繋いだら、アドルフさんはまた眉間に皺を寄せた。

だけど、決して振り払ったりなんてしない。

(そういう優しいところも、大好き)

私は胸の中でそう呟く。

思いの丈を伝えてしまいたい気持ちもあるけれど、今のこの距離感を壊したくない。

それに、この気持ちを告げてしまったら……きっと優しいアドルフさんは、それを真摯に受け止めてくれることだろう。そしてそれが重荷になっちゃうだろうからね！

私は推しを幸せにしたいのであって、悩ませたくないのだ。

そこは変わらずにいたいなと、そう思うのだった。

幕間　一線を引いているのは自分か、それとも

結婚してから半年。

あっという間のことだった。

初めはどうしたものかと思ったこの関係は、酷く安らぎを与えてくれるもので……そして、心をざわめかせた。

(認めてもいいのだろうか)

イリステラの隣は、温かい。

彼女が俺を癒やそうとするその手の温もりと同じで、温かく、柔らかだ。

そんな時、幼馴染のエミリアに会った。

いつものように俺に媚び、そして詰り罵ってくる彼女の相変わらずな姿に、最近ではもう感心すら覚える。変わらないなと思いつつ、何の感情も抱けずにいた。

エミリアは獣化する人間を嫌っている。可能性を秘めた自身も含めて。

だから俺に八つ当たりする。

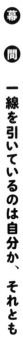

誰彼構わずそうするわけにはいかないとわかっているから。

(最近はやけに不安定だな。一時期は落ち着いたように見えたんだが……)

彼女の心の傷は、八つ当たりをしなければやっていけないほどに大きい。そのことは、俺だけでなく彼女を知る人間なら、共に暮らした救済院にいた者なら誰もが知っている。

荒れるエミリアに子供たちが怯えていた様を見ていたから。

幸いにも俺は別に気にならなかったし、軍属となって鍛えられたこともあって救済院を出た後も彼女の八つ当たり先になるくらいなんてことはなかった。

むしろその矛先が自分にだけ向いているならば、誰も傷つかなくて済んでいいと思っていた。

何故なら俺は血まみれで、憎まれるべき存在で、彼女が言う通りの人間だからだ。

(俺は許されるべきではない)

戦争だから、戦争のせいで、それ以外に道がなかったからという言い訳をしたくなかった。

いずれも俺が選び、そして決断してきた結果だからだ。

だがそれは正しくなかったのかもしれない。

(エミリアの憎悪を止めることも、消してやることも、何か方法があったんじゃないか？)

イリステラと暮らし始めて、そんなことを思うようになった。

俺は、少しずつ人間らしさを取り戻しているらしい。

結婚したと俺に言われて知ったエミリアの、裏切られたという言葉に今更ながら傷ついた。

そして、傷ついたという事実に驚いた。

もうずっと、そんな気持ちになったことはなかったからだ。

エミリアが俺を罵る言葉に、幼い頃こそ辛い気持ちにもなったことがあった。だがここ数年はもはや『またか』という気持ちにしかならなかったというのに。

（……イリステラか）

彼女が、俺が失い始めていた人間としての心を、取り戻してくれているのか。

そのことに気づいたら、俺はどうしていいかわからなくなってしまった。

いつものようにエミリアの口から飛び出す罵倒を前に立ち尽くすだけの俺を、まるで庇うかのように現れたイリステラ。

更に彼女の口から紡がれる、まるで愛の告白かのような言葉の数々。

俺に対して信頼と敬愛を向けてくれていることは、この半年、痛いほど感じていた。

その純粋すぎる気持ちが眩しくて、嬉しくて。

そんな日々の中で、彼女が一度だけ俺の指先に口づけを落としたことがあった。

俺の髪に触れた時も彼女は顔を赤らめていたが、そんなことをされるとは思っていなかった俺もあの時ばかりは動揺して狸寝入りがバレたかと焦ったものだ。

だが幸いにも慌てたのは俺だけではなかった。

イリステラにとっても突発的な行動だったらしく、真っ赤な顔をして部屋を飛び出して行ったからだ。あの日のことを思い出すと、どうしても気持ちがざわざわして真っ直ぐに彼女を見ることができなくなってしまった。

そこに加えてあの愛の告白だ。

（……彼女の気持ちは、そういうんじゃない）

そもそもそういう気持ちなら、一年後に離婚してくれて構わないなんて言わないだろう。

俺にできるのはただ、彼女の信頼を裏切らないことだけだ。

イリステラの信頼と敬愛を向けられるに値する、そんな男であるべきなのだ。

「隊長、イリステラのこと大事にしてあげてくださいよ？」

「……なんだ、唐突に」

来週、出撃することに決まった。

第一部隊の隊長であるゲオルグ殿下発案の作戦だ。

他の獣神部隊の隊長も呼ばれての会議だった。

普段はそこまで大仰に呼びつけることなどないだけに、重要な任務だとみんなが理解した。

うちの隊が指名されたこと、その理由、それらを隊の連中に説明し解散した際、カレンとマヌエラが俺に文句を言ってきた。それもエミリアのことで。

これまでも宿舎にやってきた彼女に迷惑をかけられた隊員は多いのでまたかと思って辟易したが、俺の予想は裏切られる。

いわく。

イリステラにあそこまで言わせて保護者気取りはどうなんだ、とか。

あんなに愛情を一身に向けられていつまで目を背けるつもりだ、とか。

俺の幸せを願ってくれる彼女を幸せにする気概を持て、とか。

まあ好き勝手言ってくれるのなんの！

（……俺に手を出されて困るのは、あっちだろう）

俺は俺で、イリステラに触れてはいけないと一線を引いた。

しかしそもそもイリステラはイリステラで、俺への真っ直ぐな好意を向けながら何か……大きな秘密を隠して、一歩引いている。

そんな俺たちが歩み寄っていいのだろうか。

俺はそれを、望んでもいいのだろうか。

エミリアの過去をイリステラにも少しだけ話しておく。

知らせずにいられたら、それが一番だろうとは思っているが……エミリアが、八つ当たり先の俺に執着していることはわかっていたから話した。

（今思えば、そのせいでエミリアも抜け出せなくなってしまったんだろうか？）

どこにもぶつけようのない感情を、唯一ぶつけられるようにしてしまったから。

そのせいで、彼女はいつまでもそれを過去にできずにいるんだろうか。

俺の話を聞いたイリステラは、何を思ったのか俺と手を繋いで帰ろうなんて言い始めた。

子供みたいなことを言い出したと呆れる俺の手を取り勝手に繋ぐ彼女は、笑顔だ。

(イリステラはいつも笑顔だ)

そして表情が豊かだと思う。俺とは真逆だ。

躊躇いもせずに手を繋いでくるくせに、俺を癒やす際に触れるその時は恥じらうし、かと思えば俺との暮らしで幸せだと笑みを見せる。

まるで何かを希《こいねが》うように指先に口づけを落としたあの日のイリステラの表情が、忘れられない。

あれは、俺が寝たふりをしていたから見られた光景だったが……。

もっと、いろいろな表情を見たいと……どうして思ってしまうのか。

(ああ、だめだな)

繋いだ手の温かさも。

指先に触れたあの唇の柔らかさも。

(もうとっくに、手放せなくなってるんじゃないか?)

自覚してしまえば現金なもので、彼女が俺に〝どんな形にせよ〟好意を抱いてくれているならば、残りの夫婦生活で……この関係を本物にしたいと思ってもらえるようにできるんじゃないのかと、そう思い始めてしまった。

俺は薄汚れた人間で、恨みをたくさん買っていて。

だが、イリステラは『それでもいい』と言ってくれるような気がする。

ただ俺が……勝手に期待しているだけだが。それでも、考えずにいられない。

（……来週からの、戦場を切り抜けたら）

今回の任務が終われば、かなり戦況が変わるはずだと王子は言っていた。

そうしたら、果てのないこの戦の、終わりが見えるはずだと。

だから俺はこれまで以上に頑張ろうと誓った。

俺の横で笑うイリステラを、どうにかして守って……彼女が笑顔で生きられる世界を作りたいと。

初めて、俺自身が願った。

幕間　おんなともだち

第五部隊所属隊員、マヌエラ並びにカレンは同時期に入隊した女性兵士であった。

二人は基本的に獣化が前提ではあるが、マヌエラは書類仕事が得意な点を買われ、そしてカレンはそんなマヌエラを守る立場で入隊した形だ。

基本的に国の精鋭部隊とは言われていても、軍の男女比は大きく異なる。

そのため別部隊や戦場で女性を蔑視する輩が現れることもしばしばあり、それは軍中枢部でも度々問題視されることだった。

それゆえに隊長であるアドルフが指示してのことだった。

そういう経緯を経て同時期に入隊した二人はそれぞれ性格がまるで違い、体格や考え方も異なったが、いわゆる〝馬が合う〟というやつなのかすぐに打ち解けた。

「……イリステラ、大丈夫だったかしら」

「あー、大丈夫じゃない？　隊長も一応あれで気にしてるみたいだしさア」

「隊長にも本当に困ったものだわ」

結婚してまだ一年も経っていない新妻であり聖女であるイリステラ。

最初の頃こそ警戒していた二人もイリステラという人間を知れば、あっという間に仲良くなった。

今では宿舎に集まれば、休憩時間を共に過ごすのが当たり前になったほどだ。

そんなマヌエラとカレンは、最近しきたりで結婚した二人の関係に変化が生まれたことが気になって仕方がない。

特に仲良くしているイリステラがはっきりと夫であるアドルフに対して敬愛の念から異性への恋情に変化したことを認め、少しでも好いてもらえるようにどうしたらいいのかと相談をされたので張り切っているというのもあった。

だが話を聞く限り、彼女たちが知る『アドルフ・ミュラー』という男のこれまでを考えるとおそらく彼もまた、イリステラに対して良い感情を抱いていることを察していた。

だからこそ聞けば聞くほど二人の距離感がもどかしい。

さっさとくっつけ。いや結婚してるけど！

そう言いたいのをグッと堪えて、イリステラの健気な献身にアドルフが根負けして素直になってくれるのを待つばかりだ。

そんなじれったい状況に苛立ちすら覚えるというのに、加えてそこに茶々を入れるように現れるエミリアという女性の存在が二人を刺激する。

とはいえ、どちらかといえばそこに嫌悪感を抱いているのはマヌエラの方だろうとカレンはそっとため息を吐いた。

マヌエラは穏やかでおっとりしていると誰もが言うし、カレンは竹を割ったような性格でむしろ男よりも男らしいなどと囁かれるほどだ。

（実際のところはマヌエラの方がおっかないけどねェ〜）

戦闘力という意味では確かにそうだとカレンも同意するが、性格の面でいえば苛烈なのはマヌエラの方だとカレンは思っているし、マヌエラもまたそれを認めている。

家族を養わなくてはならない立場だとか、長子である責任感がそうさせているのか、マヌエラは見た目よりもずっと負けず嫌いだ。特に懐に入れた相手を守るためならば、獣化も辞さない。

（イリステラを泣かせたら、隊長相手でも噛み付きに行きそうだよなあ……）

カレンは苦笑しながら頭を掻く。

「聞いているの？　カレン！」

「きーてるよ、マヌエラ」

まあいつも笑顔なイリステラを泣かせるなら、自分も加担したっていいかとカレンは文句を言うマヌエラに肩を竦めてみせて笑ったのだった。

第四章 高難易度ミッションをクリアせよ！

行軍そのものは、特に問題も無く……って当然と言えば当然というか、敵っていうのは実は仮想敵っていうかね。いや、本当に潜伏している可能性だってあるけどね!?

この作戦自体がゲオルグ殿下の仕組んだことですから！

だからほら、必要な作戦だけどね？　みんなを騙しているような気分で……でも本当に狙われている山でもあるからまるっきり嘘でもないし、微妙な気持ち。

なんせ、行軍における食料品とかって当然ながら税金で賄われているしさあ、もっと小規模の作戦にしてくれたら私の良心っていうか小市民的な部分が……こうね、痛まなくて済むのに。

（……『嘘を吐いている』って思うとしんどいんだよなあ）

敵の気配があるから聖女だけ送り込んで確認させる、とかそういう作戦にしてくれたらよかったのに！　と思わずにはいられない。

（殿下と意思疎通が取れていないのが問題だったんだろうなあ）

あの王子様は聖女を『使い捨ての道具』と言って憚《はばか》らないけど、それは王家がこれまでの聖女たちをそう扱ってきたという自虐ネタでもあるんだよね。

婚約者であり〝本物の〟聖女でもあるアニータ様のことを愛していて、本来であれば自分たちが山に行って儀式を行うべきであると考えているけれど……同時にアニータ様に負担をかけたくないとそう思っている。それが矛盾した考えを抱く男、ゲオルグ殿下だ。

そしてなにより彼らは王族の決まりとして、婚儀を済ませるまで肉体関係は結べない。

そういう意味では今回の作戦に不適格なのだ。

(儀式は聖女にとって、命がけ)

だからこそ、儀式が終わった後に生命力を補充するための『夫』が近くにいてくれた方がいい。体を重ねるにも周囲が守られていた方が安全に決まっている。そう殿下は考えたに違いない。

(そりゃね、そうですよね！　わかるけども!!)

私があれだけ『アドルフさん好き!!』って態度で押して押して押しまくって悩むことなんてこれっぽっちもなく聖女の儀で指名しましたしね!!

殿下がそれならこの二人に行かせれば安泰って思っちゃうのも仕方ない！

(……まさか『愛せない』と宣言されて今日まで清《きよ》い仲だなんて殿下は思ってないんだよなあ)

ぶっちゃけると、実は聖女が結婚したからといって絶対に体の関係を結ぶ必要はないけど、高確率で離婚するまでの間に……っていうのはよくある話。

感情的に愛し愛される関係にならずとも、ってやつだ。

欲の発散的な問題なのか、あるいは同じ屋根の下にいるからなんとなくってものなのか……それこそ本人たちが語らなければ真相は闇の中。

だけど、私たち〝本物の聖女〟ってやつの間ではなんとなく理解できる話でもあった。

だって、魂の破損が視えるんだもの。

目の前に怪我人がいて、自分がそれを癒やせるとわかっていて放置ができるか？　って話。

そして癒やしを始めてしまえば、自分も癒やされたいと思ってしまうのは自然のことじゃないかな。それが答えなんだと思う。

（割と治癒能力を備え持った女性たちって、情に厚い人間が多いと思うんだよね）

でなければ戦場の、それも前線に放り込まれて尚、兵士たちを癒やし続けるなんてできない。

おそらく、治癒能力を持った人間にはそうなるよう仕組まれているんじゃなかろうか。

（イジメとかパシリとかしてきたのって、偽物聖女たちだったしなあ）

これを神鳥の加護と見るべきか、呪いと見るべきか。

まあ受け取り方は、人それぞれだ。

「まもなく鉱山のすそ野、野営地に到着です」

「わかった」

例の鉱石が採れる山はゴロゴロとした岩でできていて、すそ野に行くにつれ緑が生えている。

川が近くに流れ、現在はある意味でこの山が敵国との壁の役割も果たしてくれているのだ。

ほんの数十年前までは、この山の向こう側の平地もうちの国の領土だったらしいんだけどね。戦で取られてそれっきりなのよね。

だからこそ、この山まで奪われてしまうかもしれないし、そうなったら神鳥の願いが叶わないかもしれない……なんて話に繋がるのだけれど。

「大丈夫か、イリステラ。報告によると今のところ敵影はないそうだ。戦闘に発展する気配は薄そうだが、第五部隊としてお前が出陣するのはこれが初めてだが、気を引き締めて……」

アドルフさんが私を気遣ってくれるその言葉が嬉しい。思わず口元がにやけてしまう。

だけど、彼は私と目が合うとすぐに口を閉ざした。

「……そうだな、戦場の経験があるお前にはいちいち言う必要もなかった。すまない」

「いいえ、お気遣いありがとうございます。……まずは現地の部隊との情報交換からですよね」

「ああ」

「怪我人がどの程度かわかりませんが、現地の下級神官と協力して治療にあたっても？」

「ああ、頼む。……動ける兵が増えるのは、正直ありがたいことだからな」

ここからだ。

ここからが正念場なのだ。

(アドルフさんの体と魂はほとんど治せた。……私の力が足りなくて、体に残る傷痕は消せないけど……でも、心に余裕ができてアドルフさんはよく笑ってくれるようになった)

それは、本当に細やかな微笑みレベルだけど。

それでも全てを諦めて虚ろに周りを見て、自分を犠牲にするだけの日々ではなくなっている……と思う。思いたい。

後はこの戦争を終わらせて、彼が自由になれるように。

そのために、私はあの山の鉱石を手に入れてみせる。

絶対に。

そう、絶対にだ！

★★★

さて……それはともかくとしてアドルフさんが過保護な件をどうしたらいいだろうか。

まさかの過保護がこの戦地でも続くとか思わないじゃん！

もう少し自由度が上がると思ってたら普通に変化なしの過保護だったよ!!

正直なところ構っていただけるのはファンサが過ぎる。

そう思いつつも嬉しくてたまらないわけですよ。超嬉しい。

なんですか『寒くないか』とか『喉は渇いてないか』『……戦場を知っているとはいえ、恐ろしかったらいつでも言え』とか。

（スパダリとファンサが過ぎる……!!）

供給過多で死んでしまいそうです。やだ尊い。

なんかねえ、私の傷痕を見て過保護になったのに輪をかけるようにして、エミリアさんに会って過去の話を聞いたあのくらいからこんな感じでずっと傍にいてくれるんですよ。

嬉しいっちゃ嬉しいんだけど、どうした？　これまでそんなことなかったよね？

距離感が急にバグってるんですけどこれはどうしたらいいの運営!!　……というパニック具合ですよ。心の中だけですけど。表向きは聖女らしく振る舞ってますけど。

で、当然ながら戦場で陣を敷いているので、我々はテントでの野営生活なワケです。

さすがに敵兵を目の前にしている最前線ってわけじゃないからそこら辺の原っぱに塹壕《ざんごう》作ってそこで寝ろとかそういう無茶ぶりはされない。

いや下級神官時代はそうだったたってだけで、聖女って立場になってからはそういうのは無縁なんだけど。若干懐かしさを覚えてしまっている私の感覚も、きっとバグってる。

でね、話を戻すと野営地で部隊ごとにテントが展開されるんですよ。

現地の部隊が既に陣取っているわけだから、第五部隊はそこで陣形を崩さないようにまとめられるんだよね。そんでもって交代で見張りをしたりするし、食料品とかその他を置いておく場所も必要だし、事情はわかる。

だけどさ、だけどね？　ここは戦場なんですよ。ええ、一応。

今回のこれが偽情報で第五部隊をここに送ったんだとしても、本当に攻められる可能性がないとは言い切れない戦場なのにですよ。

（……夫婦だからって同じテントにする⁉）

私は当初、第五部隊の女性隊員たち……つまり、カレンとマヌエラのことなんだけど、他にもいるけど三人から五人くらいに組み分けされているのがあるの。で、私は彼女たちと同じテントだと思ってたんですよ！

それなのに蓋を開けてみたら『あ、じゃあ第五部隊の隊長と聖女は夫婦なんだし一つでいいね』じゃないんですよ……‼

驚いて二の句が継げない私をよそに、アドルフさんも『それでいい』とか言うし。

「……アドルフさん、あの、私やっぱりカレンたちと同じテントに……」

「別に支障はないだろう？」

（ある！　ありまくりだからア‼）

これまでは同じ屋根の下に暮らしているとはいえ、部屋は別々だったのだ。

アドルフさんが治療中にうたた寝しちゃった姿を見たことはあったたし、お風呂上がりの姿だって見たことがある。

けど、言ってしまえばそれだけだ。

いいか？　同じテントを使うってことはね、隣り合わせで寝ることになるってことなんですよ。

隊長格のアドルフさんは見回りや不寝番をする必要もなく、また聖女という治癒係である私もそれと同様。

つまり、タイミングがずれるってことがないのだ。

着替えとか寝顔を見られたりとかそういう危険性があるんだよ！

戦場で守ってくれる頼りがいある人と一緒で何の危険性がって、私の乙女心の問題だよ!!

ふぇぇ、私の心の中で幼女が泣いているよ……。

「……確かに夫婦とはいえ、俺たちの関係は……あー、その。普通ではないと思う」

私の反応に対してアドルフさんは少し目を泳がせてから、大きくため息を吐いた。

別に怒っているとかそういうものではないとわかっているので必要以上にびくついたりとかはないけれど、私も今回ばかりはため息を吐きたい。

私が寝込みを襲ってしまったらどうする気なんだろうか。

勿論しないけどさぁ！　推しは守るべきであって襲うもんじゃないから！

乙女としても襲うもんじゃないけども!!

「だが同じテントにしたのは、他の連中に話を聞かれにくくするためでもあるし……聖女を伴った行軍は、第五部隊も初めてだ。イリステラを守るためだと考えてくれ」

「……それは、はい……。わかりました……」

聖女を守る。

その言葉はとっても重要なので、それを言われるとこちらとしても強く出られないんだよなあ!!

確かに前線ではないにしろ、ここは戦闘区域に間違いないのだ。

たとえ進軍していなかったとしても敵兵がどこかに潜んでいて、戦闘能力の低い神官や聖女を攫おうとしていたとしてもおかしくはない。そのくらい危険な場所だ。

だから神官たちは一カ所に集められ、護衛しやすいようにテントは戦線から一番遠目の位置になっているわけだし。

まあ前線に配置された下級神官にはそんなもんお構いなしですけどね！

塹壕の中でカタカタ震えながら一晩明かしたのは忘れないよ!!

(これは……覚悟を決めるしかないのか……)

推しがこんなにも気を配ってくれているのを、どうして断れようか。

たとえそれが供給過多で私が尊死しそうになったとしても、だ。

私はアドルフさんの言葉に、涙を呑んでただ頷くしかできなかったのである。

駐屯部隊との連携について話し合いが進められる中、同時に私が山に入る準備も進む。

テントが一緒だからっていっても結局山登りはしますんでね！

あの緊張は何だったのかっていうかもしれないけど何泊かはあのテントという超近距離で推しと二人きりの時間を過ごせとかどんなプレイ!?

念のため弁明させていただくと、簡易ベッドの間には仕切りがちゃんとあってプライベートは確保されていました！　覗きはしていません!!

　まあそれはともかくとして……。

「これが聖女長様からお預かりした鉱山内の地図です」

「……結構複雑だな」

「王家が所有する山ということで元々警備は厳しくされていたようなんですけど、それでも貴重な鉱石を盗み出そうとする人々が絶えなかったらしく罠が多数仕掛けられるようになったそうです」

「……そうか」

　アドルフさんが口をへの字に曲げ、駐屯部隊の隊長さんも苦笑する。

　うん、まあ言いたいことはわかる。

　なんでそんなに物騒なのかと。

（ただまあ、それだけ国としては鉱石を持ち出されたくないってことなんだよね）

　王国は、神鳥の加護を失いたくない。教会の一部も、そうだ。

　だから神鳥の意向を叶えようと鉱石を奪取する勢力から鉱山を守った。

　戦争に突入してからは、神鳥の声が聞こえる聖女たちを統制下に置いた。

　だけど、彼らは決して一枚岩ではないのだ。

　その小さなズレは時間と共に大きなものとなっていることに、彼らは気づいているだろうか。

王家は神鳥の伝説を伝説として見るようになり、教会は神鳥が女神の使いではなく精霊である事実を隠している。

(解き放つ時に、最後の加護を得る)

最終目標は、神鳥を解き放ち加護を失うことにある。

戦を仕掛けてきた国は加護で特殊な力を得ている……有り体に言えば治癒能力や獣化する人間を人的資源として求めているわけだけど、それを神鳥の渡りという目に見えるものを説得材料として、失われていくものであると広く知らしめる手筈になっている。

あちらの国にも、幾人も亡命者がいるし攫われた人間もいるのだ。

神鳥の話はきっと伝わっているし、広めやすいことだろうと殿下は言っていた。

勿論、簡単なことじゃない。

でもずっと、ずっと……私たちはこの機会を待っていたのだ。

多くの同胞の死を乗り越えて。

悔しい気持ちを呑み込んで。

水面下で交渉を重ねたゲオルグ殿下も、その傍らで励まし続けたアニータ様も、多くの神官たちを戦場に送り出した聖女長様も、そして未来を摑むために祈り続けてきた聖女たちも。

そして、私も。

(絶対に失敗はできない)

大切な人を守るために、ずっと頑張ってきたのだ。

そのためために、絶対に鉱石を手に入れなければならない。

私は気合いを入れ直しながら、アドルフさんを見た。

「鉱山内部の奥に、特別な神殿があります。ここが目的地になります」

「なるほど」

「場所が場所だけに、この地図を持って内部に入るのは聖女である私と、その伴侶であるアドルフさんだけに絞られてしまいますが……」

「承知した」

躊躇いもしないアドルフさん。

かっこいいよ、すごくかっこいいよ……！　見惚れちゃう。さすが推し。

私なんて未だに『伴侶』とか言うだけで照れてしまうっていうのにさあ!!

「……危険ですよ？」

でも一応、もう一度だけ確認しておく。

なんせ罠もあるからね！

罠って地図に書いてあるだけで、それがどんなのかまでは私も知らないんだもの。

なんせ古いものになると、教会にも記録がないらしくてね……いいのかそれで。やばいな。

むしろ私の方が大丈夫か？　って心配になる。

でもアドルフさんは私の言葉を聞いても、眉一つ動かさなかった。

しかも真っ直ぐにこっちを見て言うもんだから、なんだか照れてしまった。隠しきれない。

「共に行く」

「……ありがとうございます」

だって！

推しがかっこいいんだから仕方ないよね!?

私たちのやりとりを見ていた駐屯部隊長さんが生温い視線を向けていたけど、知らないふりをしておくのだった。


ちなみに山を登るわけだけど、その道のりは普通にきっついものだった。

なんせ最低限の舗装しかされていないような、岩がゴロゴロしているような山道。

なのに私だけは聖女としての身だしなみとやらはきちんとしなくちゃいけないっていうね。

いいじゃん山登りの間だけでも軍服でさあ！

聖女用の制服ももっと動きやすいスポーティーなものにするべきだ！

(やってられるか、今度殿下に会った時には規約変えさせてやんよ!!)

せめてもっと動きやすいのにしろよ！

なんでもヒラヒラさせときゃいいと思うなよ!?

本当は儀礼用の聖女服を着て登るべきらしいんだけど、そんなん絶対無理ィ。

ちなみに今回の表向き任務は『奥深き神殿』が敵の手に落ちていないかの確認なので、神殿に入るのはあくまで確認のためってことになっている。

そこで儀式というか、王族でもないのに足を踏み入れてすみませんっていう謝罪の祈りを捧げるために儀礼用の聖女服が必要ってワケ。

でも汚れて行く方が失礼だから！　って私の必死の訴えを軍人たちも理解してくれたっていうね。

みんなの優しさに涙が出そう。

まあ、あくまで謝罪の祈りは建前で、私の本来のミッションは鉱石を採取してくることなんですけどね……あれ、私の方が盗人気分。

いや、ゲオルグ殿下の指示だから！

(それにしても昔の王族ってどうしてたんだろう……？)

叩き上げ聖女としては体力も結構自信があるんだけど、登るのにゼェハァしてるんですけど。

なんだこの道。

途中からまったくもって道ってなんだっけ？　状態なんですけど。

ちなみに歴戦の勇者アドルフさんですら僅かではあるが息を乱すくらいには険しい山なんですけ

ど!? それをこの貧弱聖女に、礼装で登らせようとしてたのかよ!!

ちょっと王子ィ、そういうとこだぞ! 登るためのフォローとかなんか考えとけよ!!

聖女の協力が必要ってわかってんだからそのくらい気遣えよ、ほんと婚約者のアニータ様以外眼中にねえな!

まあ私もアドルフさんと第五部隊以外、割とどうでもいいからその気持ちわかるけど!!

そんな感じで脳内でゲオルグ殿下に悪態を吐きつつも、どうにかこうにか目的の坑道入り口に辿り着きましたよ、まったくもう……。

「ここか」

「……到着するまで、敵の気配はありませんでしたね」

いやそもそもいないんだけどね! あくまで仮想敵だから!!

とはいえ戦時下だし、多少は何かしらの気配っていうか、ピリピリしたものを感じるかな～と思っていたので肩透かしを食らった気分である。

だけどアドルフさんはそんな私の言葉にも油断はしていないようで、あたりを見回してチェックを欠かさない。素晴らしい。推せる。

「そうだな。だが油断はできない。このまま中に入るのか?」

「いえ、ここには聖女の結界が張られています。一度解いて中に入り、内側から新たに結界を張り直したいと思います」

「わかった」

事前に知っているとはいえ、なかなか厳重だと思う。

その昔、ここで王族が直接鉱石を採掘して神鳥に捧げた。

時代を経て、次第に王家はそんな泥臭いことは尊き自分たちの仕事ではないと鉱夫たちを雇い、彼らの負担を考えずに掘らせて犠牲者を出しつつ王城に届けさせるようになった。

ちなみにこれは極秘の話。

本来王家の人間か聖女しか足を踏み入れちゃいけない神殿に、鉱夫を行かせていたなんて国の恥になる話だからね!!

それはともかくとして、次第に神鳥が去ることを恐れた王族と一部の神官によって捧げ物は別の物にすり変えられてしまったのだ。

これにより認識が歪んだ結果、神鳥と王家の約束は正しいものが伝わらず、また、一部の神官たちは自分たちの利益を優先するようになったわけだが……ここで疑問が生じるだろう。

何故、神鳥はそれを許したのか?

それは『ゲームの中』でちゃんと語られている。

彼らは精霊で、私たちと時間の感覚がまるで違うのだ。

そして嘘という概念もないので『採掘できなかった』『間違えてしまった』と言われれば『そうなのか』で大人しく待ってしまったっていうね!!

その結果、ゲーム主人公たちが『そろそろ待てない』状態になってゲキオコになった神鳥……もとい精霊に鉱石を届け、迫り来る強敵《ラスボス》と戦う力を借りることができるようになるのだ。

ちなみにこのラスボスは敵国の軍勢である。半端なかった。

（まあ、それをやるのが一年以上早まっているので神鳥は今のところ『マダカナー』って感じで不満そうってだけだけど……）

ゲーム開始から終盤まで、時間経過がちょっとわかんないんだよね……ただ年単位っぽかったんだよな、台詞回し見ている限りは。

とりあえずはゲーム開始時期よりも前にここまでもってこられたんだから、自分を褒めたい。

いや、ゲオルグ殿下の努力でもあるんだけどさ……。

むしろここまでお膳立てできたのは、王族である殿下の協力があってこそなんだけども。

でも私も頑張ったんだよ!?

生存率が低い下級神官から聖女まで無事に成り上がって、聖女長様を味方につけたし！

上級神官時代には殿下に接触して説得、信じてもらえないまでも言質を取って協力させて今に至るんだからね!?

おかげであの性悪王子様に結構無茶ぶりされて、上級神官の仕事をしながら下級神官になりすまして前線に行ったこともあるし。

今思うといくらなんでもこき使いすぎじゃなぁい？　ブラックすぎだよね？

まあ、神鳥の不満で国内がボッコボコにされる前になんとかできそうで私も安心である。

(アドルフさんたちが危険な戦場に行かなくて済むのが一番だもの)

第五部隊のメンツの中には、危険手当も含めて高給が必要だってのは理解もしているけど……。

それを考えると、戦争がなくなった世界でお仕事を探すのは大変かもしれない。

でも戦争が終結した後も軍は必要だからね!

治安維持の意味もあるし、たとえ縮小したとしてもしばらくは獣神部隊の力が必要なはずだ。

ただそれがいつまでかなんて保証はないので、部隊が必要とされている間に今後の身の振り方を考えてもらえたらと願うばかりである。

ちなみに私?

アドルフさんの隣で聖女として働かせてもらえるならそれが一番かなあ。

胸は痛むかもしれないけど、推しの幸せな暮らしとか新しい出会いとかを間近で見守れたら私も幸せだと思うんだ。きっと。

「……結界、張り直せました」

「わかった。俺が前でいいな?」

「はい」

カンテラを片手に自分が先を歩きつつ罠や敵を確認しようというその気概!

はあ〜〜〜、私の推しかっこ良すぎない?　ウットリしちゃうんですけど。

「……地図は、頭に叩き込んである。だからお前が持っていろ。見落としや違和感があればすぐに教えてくれ」

「はい」

罠があるから、私を先行させないのも優しさで。

私が地図を持つのも、ちゃんと『後ろを任せている』っていう意思表示で。

（……本当にアドルフさんはずるいなあ）

惚れてまうやろ！　もう何度目か知らないけど!!

アドルフさんってば記憶力まで優れているとかなんなの、何回私に惚れ直させたら気が済むの。

この推し、どこまでも推せてしまう……なんて感動を当然ながら表に出すこともせず、無事に坑道の奥にある神殿に辿り着くことができた。

その神殿の更に奥まった先に、小さな泉と、目的の鉱石があるのだ。

「それじゃあ私は着替えますので、あの……周囲を確認してきてもらってもいいですか？」

「……わかった。何かあったら呼んでくれ」

「はい」

本当は離れるのも良くないんだろう。

一応、私の護衛って形でアドルフさんはここに来てますからね！

だけどほら、そこは乙女心があるからさあ。

着替えを見られたくないでしょ。

（……儀式についてどう誤魔化すか、だな）

今回に限って言えば、本来は『王族でもないのにこの場所に来てごめんなさい』の儀式をするとアドルフさんは信じているわけだけど、実際は私が自分に治癒魔法をかけることを前提にした、危険なミッションなのだ。

鉱石を手に入れるためにはかなりの労力を払わねばならなくて、アドルフさんは勿論そんなことをするって知らないわけで……儀式に行くのは聖女だけっていう説明で納得はしてくれるだろうけれど、あまり時間はかけられない。

しかも治癒魔法を使うほどの傷をどのくらい誤魔化せるものだろうか？

（最悪『事情はあとで殿下から……』ってごり押しするしかないな）

私がゲオルグ殿下から課せられたミッションは『鉱石を手に入れること』『アドルフさんを利用してでも殿下に鉱石を届けること』の二つ。

どっちも私としては高難易度ミッションなのだ！

（まあアドルフさんとのことについては、私が治癒魔法を使った後に動けなくなると困るから……ってことなんだろうけど）

つまり治癒魔法の使いすぎで私が疲弊したら、正しく聖女とその伴侶で力の交換を行ってでも戻ってこいってこと。鉱石が手に入らないと作戦が進まないからね！

しかし殿下には誤算がある。

アドルフさんと私に肉体関係がない以上、その回復方法は使えない。

(さすがに事情を話せばアドルフさんだって仕方がないってなるだろうけど、それで責任を取らなきゃって思わせたくはないんだよね。それに瀕死の時にヤんの？　って話だし)

ということはだよ。私は儀式を行いつつ、余力を残しておかないとこんな山奥で恐ろしいことに
三途の川が見えてしまうかもしれないってことだ。

前世で大好きだったおばあちゃんが迎えに来るのか、それとも今世で親切にしてくれた誰かが来てくれるのかはわからない。

あ、いや、そもそもこの世界に三途の川って存在するのか？

そんな馬鹿なことを考えながら、私は聖女の衣装に身を包んでアドルフさんが戻るのを待った。

「……周囲に異状はなさそうだ。それで、どうする？」

程なくして戻ってきたアドルフさんがそう言うので私は頷いた。

まあ入り口の結界に綻びがなかった段階で誰も侵入してはいないのだろうと思ったけど、念には念を入れて確認しておくことって大事だものね。

ついでに着替えてるのを待たれてるってやっぱ落ち着かないからさあ!!

散々一緒に暮らしてテントも共有してんだから慣れろよって言われるかもしれないが、こればかりは譲れない。私だってなけなしながら乙女心があるんだよ。

「それでは私は神殿の奥へ。神鳥様への捧げ物が今も無事に採掘できるのかを確認した後、予定通り儀式を執り行うつもりです」

「……ああ」

「アドルフさんはここで待機していただいてよろしいですか」

「わかった」

私の言葉に間髪容《い》れずに承諾するアドルフさん。

この神殿にも結界があるとわかっているから、奥には敵がいないと判断してのことだと思う。

(本当は奥までついてきてもらっても構わないんだけど、心配かけちゃうってわかってるからなあ)

勘の鋭いアドルフさんだから、奥の泉に近づいただけできっと危険を察知する。

そして私を守るために、遠ざけようとするかもしれない。

(……優しい人だから)

でもそれじゃあ困るのだ。私が。

だってそれこそが目的だからね！　でも事情を話したところで、今度はアドルフさんが『自分がやる』って言い出すのが目に見えているからそれを今度は私が許容できない。

端的に言うと鉱石と泉は、毒の塊なのだ。

ここだけの話、王族にはこの毒が効かない。そういう体質なのだ。他の毒は知らん。

この毒は不思議なことに、肉体にダメージを与えるだけでなく魂も蝕むそうだ。

そう、獣化と同じようにね。

そして王族はそれに耐えられる……だから本当は獣化も、問題が起きないはずだ。

それこそが神鳥が与えた加護というか、王族の特権？　選ばれし者？　ということになっているけど……実際は〝そういう体質だから〟選ばれたらしい。

鉱石を取り出せる体質の者だから、神鳥は協力を惜しまない。

ギブアンドテイクの精神である。

つまり鉱石を取り出せる体質だから神鳥の加護を得られて、それにより王になったと。

だから王家は本来、神鳥様に多大なる恩があるってワケ！

まあ、その恩をすっかり忘れている……っていうか世代を追うごとに伝承が薄れたり楽をしようとする人が出るのは仕方ない話なのかもしれないけど、忘れさせようとする人たちがいるっていうのが悲しい現実よねえ。

ついでに言うと、ゲオルグ殿下が調べた範囲ではその体質も徐々に変化していって、毒素に負けるようになってきているのではないか、ということだった。

つまり、その現実を受け止めきれなかった当時の王家が事実を捻じ曲げてそれに教会の一部の人間が乗っかった結果、歪んだ事実が伝えられたんじゃないかって話。

でもいつの間にか聖女を傍らに侍《はべ》らせて鉱石を採掘するようになったとあるらしいんだよね。

毒に負けるようになったから治癒させていたんじゃないかって推測されたわけ。

どの世代かまでは不明だけれど、おそらくはその事実があったからこそ毒を恐れて、鉱夫たちを身代わりにして鉱石を手に入れるようになったんじゃないかと殿下は考えているみたい。

そうでなければ、教会の人間が口出しする余地などなかったはずだと。

（まあなんにせよ私は毒に冒されながら解毒と回復を同時に行いつつ、採掘をしなくちゃならないってことになるんだけど……かなり酷い話じゃないかなあ）

もしも。

もしも、だけど。

アドルフさんが私と肉体関係を持ってもいいって思ってくれているなら。

彼に獣化してもらって、代謝アップしている状態で採掘を担当してもらい、治癒と解毒の魔法を私がかけながらやれば安全だし楽なんだろうなって、頭では理解しているのだ。

この鉱石の話をアドルフさんに打ち明ければ、きっと彼は了承してくれるのだろう。

毒に手を突っ込む私のことを心配して、私が回復してくれるって信頼して。

（だめだ、できない）

信頼と優しさにつけいるような真似をしちゃいけない。

ちらっとだけ、思い出として一度でいいから抱かれてみたかったなあとか思ってはいけない。

（推しを守るんだろう私！）

気合いを入れるために頬を張った。

パァンといい音がして、痛い。

「……イリステラ？」

「いえ！　気合いを入れました!!」

驚くアドルフさんに、私はグッと拳を握ってみせる。

きっと頬が真っ赤になっているのでカッコつかないことこの上ないが……それでもなんとか笑みを浮かべられたと思う。

「いってきますね、アドルフさん！」

もう振り返らない。

私は推しを救うために、覚悟はとうに決めているのだ。

それを実行するだけなのだから！


とはいえ……神殿といってもここは見た目だけで、中は至ってシンプルだ。

直線上に長い廊下、左右にはこの国の女神を称えるレリーフが壁面に施されている。

完成当時は着色もしてあったのだろうけれど、今は所々微かに色がわかる程度だ。

こんな時でもなければ、じっくり見学したいくらいなんだけどさ。

そもそも一般人が入れない場所なんだけど。あ、私は聖女だから一般人じゃないか。

ふと振り返ると、遠目にアドルフさんの後ろ姿が見えた。

あの人の姿が見えるだけで、心強い。推し、しゅごい。

（頑張ろう）

おっと、語彙力がどっかに行きそうになったわ。

正直、神殿の内部とかこういう細かい部分はゲームじゃわからない話だ。

いちゲームファンとしては不謹慎だとわかりつつも若干ワクワクしちゃうよね。

神殿の中は当たり前だけど静まり返っていて、自分の足音しか聞こえない。

しかも暗いから、手元にランタンを持って入らないといけない。

一応明かりを灯す魔法とか、そういうものもあるんだけど……大した消費量じゃないとわかっていても、魔力を使うのを惜しむくらい私はこの採掘に緊張している。

誰よりも自分が低スペックな聖女であることを理解しているからだ。

採掘は戦争を終わらせるためにも必要なことで、全部の魔力を使ってでも遂行すべき任務だ。

この計画の根底には、心を通わせた伴侶と体を重ねれば力を使い続け、その命を繋いでいくことができる聖女の能力がある。

でも私は元々この計画がゲオルグ王子から出た時も、アドルフさんとそういう関係になることは考えていなかった。

だって推しを幸せにするってことで結婚したけど、彼が望むならともかく、私はとにかくアドルフさんを幸せにしたいだけで、彼が笑ってくれればそれで良くて。

自分の寿命を削ってでも、なんとかなし得てやろうとかそんな感じで考えていたのだ。

(足りるかな)

だけど、実際にこの場に来て不安が頭を過る。

聖女長様は仰った。

自分の魔力が空っぽになっても、頼りになる伴侶がいればきっとなんとかなるって。

『神様はわたくしたちを見捨てないわ、イリステラ』

(でも、本当にそうだろうか？)

聖女長様のお言葉を疑うわけじゃない。

でも、ぎりぎりのところで神に祈る人々の全てが救われたわけじゃないことを知っている。

勿論、精神的に救われたことはたくさんあると思う。

だけど、私の中ではそれだけだった。奇跡なんて見たことがなかった。

私の腕の中で死んでいった兵士も、到着した町で事切れていた一般人も、きっと彼らだって神に縋ったはずなのだ。

そして失われた命の中には、神を信じて戦いに赴いた神官も、聖女もいたはずだ。

聖女だからと私が優遇されるわけじゃないってことを、私はこの目で見てきた。

(息が苦しい)

自分の能力が足りなくて採掘に失敗したらどうしよう？

採掘に成功しても、判断を誤って自分の魔力がなくなって鉱石を運べなくなったら？

もし何もできずに死んでしまったら？

（……死ぬのは、やだなあ）

正直これまでも戦場で何回も死ぬような思いをしてきたし、そんな時は苦しくて逆にいっそ死んだ方が楽になれるんじゃ？　なんてネガティブに考えたこともあった。

でも、今はそれよりも怖いことがある。

（私が死んだら、アドルフさんはまた看取ることになるんだよなあ）

きっとそれは彼の心の傷になってしまうのだろう。

たくさんあるうちの一つだとしても、傷は傷だ。消えない傷。

そして、それを嬉しいと思ってしまう自分がいる。

でも同時に、そんな傷を増やしたくないからこそ頑張らなくちゃと思う自分もいる。

（だめだめだ、弱気になるな！）

治癒と解毒の魔法も、基礎の基礎から聖女長様のところでみっちり鍛え直した。

ゲオルグ殿下から鉱石の採掘方法も教えてもらって、似たような石で練習もした。

やれることはやってきたのだ。こっそりとだけどね！

後は気合いと根性である。私には、それしかないのだ。

（というか、それで乗り切ってきたんだから今回だって乗り切ってやるわよ）

震える手を握り込む。

そうだ、ここまで来たのだ。ようやく、ここまで。

最奥の泉の周りは特に囲われているわけでもなく、むき出しの石や土。

そこにキラキラ光る鉱石が微かに見えるけど、息をするだけで苦しい。

（……空気が、変わった？）

どうやらそのむき出しの空間に入る手前で昔の聖女たちが何かしらの魔法を施してくれているらしかった。結界と違って誰でも入れるようになっていたのは、おそらく鉱夫たちに採掘を任せていたからだと思う。

毒素が外に出ない代わりに、そこで直接作業する人間だけが毒素に冒されるって寸法か。なんて恐ろしい。

まあ鉱夫たちが毒で最終的にいなくなるのは、王家にとっても望ましい話だったからね……。

どれほどの人たちが犠牲になってきたのかと思うと、少し胸が苦しくなった。

袖をまくってあたりを見回す。

打ち捨てられるように置かれていた、小ぶりなツルハシを手に取る。

付近の壁面に向かってそれを数回振り下ろせば、案外簡単に鉱石そのものは手に入った。

（後は、これを）

ごくりと息を呑む。

ゴロッとしたそれは私の両手よりも少し大きいくらいで、ずしりとした重さがあった。

手に持っただけで、じくじくと痛みを感じるその鉱石。

鮮やかな青のようでありながら、赤みを内包するその石は宝石としてもきっと価値がある。

（毒さえなければね！）

そしてこの鉱石は不思議なことに、空気に長く触れ続けると崩れてしまうのだという。

そんな脆《もろ》いものをコーティングする役割を持つのが、この泉だ。

どういう成分でそうなったのかは知らないけど、そういうものらしい。

そして長年鉱石と共にあるこの泉には鉱石と同じ毒素が溶け込んでおり、美しく澄んでいるように見えてただの劇薬。

器を使って浸すと器が損なわれるような劇薬だっていうからその恐ろしさよ……。

澄んだ水を湛える泉は、底が見えないほど深い。

もし器を頼って鉱石が泉の底に沈んだら、手が届かない。何度も掘れば良いだろうけど、それはそれでこの場にいるだけで毒が自分を蝕んでいるのだと思うと時間はかけていられない。

やはり直接手で持って浸すのが最短なのだ。

かつての王族がそうしていたように。

（大丈夫、私なら大丈夫……）

ちゃぷ、という音と共にひんやりとした感触が手に伝わる。

そして遅れて、焼けるような痛みが手に広がった。

じくじくと痛むそれは、針の手袋でも嵌められたのかって感じで痛い。

感覚は失われるどころか、熱を持って腫れた箇所を更に苛まれているっていう感じに近い。

(痛い)

頭の中はそれでいっぱいだ。辛いとか、怖いとかじゃない。ただ痛い。それだけ。

漬けた瞬間に石を放り出して手を頭上高くに上げたかった。

だが許されない。

私は必死に治癒と解毒の魔法を自分の手にかけ続けた。

泉に浸すことによって鉱石は更に形を変える。ブクブク泡立ち、その泡がまた私の手を苛むけれど決して手を離すことは許されない。

落として最初からやり直しなんて絶対に無理！

ゴツゴツとした石が泉の毒で溶け、丸みを帯びていくのだ。泡立ちが収まるまで、私はひたすらに集中して自分に魔法をかけ続ける。

そして次第に泡はその数を減らし、とうとう一つも出なくなってようやく完成だ。

時間にしたらおそらくそうかかっちゃいないんだろうけど、とてつもなく長く感じた。

ハァハァという自分の浅い呼吸がまるで犬みたいで、それでいて遠いどこかの別の人間のものみたいで笑ってしまいそうだ。

だけど、ズキズキと痛む手が現実だと訴える。

手だけが傷ついたはずだけど、少し動かすだけでも全身に痛みが走る。

「ウッ……」

歪《いびつ》ながらもできあがったそれを地面に置く。

(ぎりぎり、だけど……魔力も、残せた、はず)

泉の水を捨て布で拭い去るだけでも痛む。布はその場に捨てた。

私の両手は、見たことがないようなどす黒い色に変わっていて、なんだか泣きたい。

惜しくはないと思っているし、大切な人のためなら自分の手なんてって思ってたけど不思議なものだ。

(……袖の長い聖女服を選んで良かった)

アドルフさんには、この手を絶対に見せられない。

文献によるとこうして泉の水に鉱石を晒すと、毒素が一ヶ月ほど抑えられるらしい。

両手にやや余るほどの大きさだった鉱石は、今では手の平サイズの小さなものになった。

まあ泉の水で研磨されたんだと思えばいいだろう。

どこまで正しいかは不明だけれど、私は服の内ポケットに鉱石を入れてなんとかミッションをこなせたことにほっと胸をなで下ろしつつ、悲鳴を上げる体を叱咤して神殿側に戻る。

調えられた神殿側に一歩行くだけで息苦しさから解放された。

ああ、空気が美味しい！

（後はこれを殿下に届ければ……）

きっと私の寿命は相当削れたことだろうけど、それでもいい。

私は生還できたし、これでアドルフさんが戦わなくてもいい未来が摑めるのだ。

あと半年足らず、彼の妻として幸せを模索していこう。

できれば、満面の笑みのアドルフさんを見てみたい。

私はそう思いながら、手の痛みで顔を歪めないよう気合いを入れ直すのだった。


戻った私を見てアドルフさんは眉を顰《ひそ》めたけれど、特に何かを突っ込んでくることはなかった。

治癒と痛みを誤魔化すための麻痺、そういった魔法を自分にかけて表面上の変化は見えないようにしているつもりだったけど……もしかして、脂汗でも滲んでいただろうか。

それとも野生の勘かな？

いずれにしても引いたはずの汗が今度は冷や汗となって出てくるかと思った。

（え？　大丈夫だよね？　体臭）

なにより推しに臭いとか思われたら埋まりたくなってしまいますが⁉

割とかなりの本気度で。

やっぱねえ、推しには認知されているなら不快な思いをさせたくないんですよ。ええ。

「それじゃあさっさと下山してみんなと合流しましょう。きっと心配してますからね！」

「そうだな」

なんせ特別な山ということで聖女である私と、その伴侶のアドルフさんが選ばれるのは仕方がない……と理解していても、第五部隊の面々は敵がいるかもしれないのにって心配してくれてたんだよね。はあ、さすが箱推しの面々。優しい。

(早く帰って、彼らのことも安心させてあげたい)

勿論、私も採掘はさっさとやったつもりだし、アドルフさんの記憶能力のおかげで坑道内部からここまで迷うことなんて一切なかった。

余計な時間はかかっていないから、首が長くなるほど待たせた、とは思わないけどね。

それでも心配はしちゃうよね！　わかるわかる!!

(まあ、私も個人的に早くテントに戻りたい)

外に出て結界を張り直す際に手を見られないように袖で隠すだけでも擦れて意識を失うかもしれないくらい痛いし、でも見られたくないし、心配かけたくないから必死で笑顔を保たなきゃでとんでもない苦労がいっぱいあるんだよね！

なんだったら今も気が遠のきそうにズキズキと手が痛むので、できるだけ早く下山して聖女長様謹製の痛み止めをこっそり飲みたい!!

あれは痛みを感じてからじゃないと意味ないって言われた上に結構大きな瓶入りの飲み薬だから持ってこられなかったんだよね……あれが飲めていたらかなり違っただろうに。

着替えに紛れ込ませることも考えたけど、万が一瓶が割れたら困るって思って置いてきちゃったことが痛恨の極み。ここまで痛みが後を引くとは思わなかった。

（……聖女長様は、どこまでご存じなのかな）

私がアドルフさんと清い仲だと知っていたから持たせてくれたのかな？

だって本当に関係があったなら、この痛みも傷も、毒だってなんとかなっていたかもしれない。

それとも、私がゲオルグ殿下によく言われる〝最弱の聖女〟だから、余力があっても回復が追いつかずに痛みを覚えると思ってのことなのか。

（どっちにしろ、痛み止めを持たせたのはきっと聖女長様の優しさよね）

心配なのは鉱石が思った以上に小さくなったことだけど……サイズそのものは関係ないって話だったから、これでも十分事足りるはずだ。そうであってくれないと困る。

（はあー……ここまで苦労してもまだ心配が尽きないだなんて！）

今はアドルフさんに心配をかけないためにも痛いのを耐えて笑みを浮かべるだけで精一杯だけど、いい加減脳みそが麻痺してきたのか無駄なことを考えるようになってきてしまった。

帰り道だから着替えもせず、聖女の服装のまま下山する私を彼がどんな目で見ているかまで気を遣うことはできない。まあ、違和感はあるだろう。

でも着てきたやつには着替えらんないのよ！

痛いしあれだと手が見えちゃうもん!!

もう汚れようがなんだろうが気にしないし、気にする余裕もないし、洗えばいいじゃない!?

儀礼用の聖女服って言っても所詮は服なんだよいいんだよ！

ってことで私が何も言わないから、アドルフさんも聞かないでくれる。

時々チラッとこっちに視線を向けるから、多分違和感は覚えているんだろうね……それなのに何も聞かずにいてくれるだなんて！

今はその気遣いが、とても嬉しい。

「……？」

だけど、下山していく中で妙な雰囲気を察して私たちは足を止めた。

戦闘時特有の、ピリッとした空気だったからだ。来る時には微塵も感じなかった。

私たちが鉱山の中にいる間に敵兵は来たのだろうか？

いいや、あちらが行軍していればさすがに哨戒に出ている兵士が気づくだろうし、私たちもそこまであの中にいたわけじゃない。時間的に無理がある。

だがおかしい。

私たちは自分たちの国側の、駐屯地から登ってきた。

反対側から攻め入られた気配はない。

もしそうだったら、敵兵の姿がこの山中のあちこちにあってもいいからだ。

じゃあ、何がおかしい？

（まさか）

アドルフさんが私の肩を叩いた。

はっとしてそちらを見ると、アドルフさんは私の頭を撫でて先を行った。

「おそらく、部隊の中に裏切り者がいたかあるいは潜んでいた敵兵を見抜けなかったんだろう。狙いがわからない以上、気を抜くな」

「は、はい！」

そうだ、やはりそうなる。

裏切り者が手引きしたという可能性。もっと前から敵が潜伏していた可能性。

可能性だけならいろいろと思い浮かぶが、どれが正解かはわからない。

第五部隊が到着する前からいたのかどうかもわからないし、いたとするなら私たちが部隊から抜けるのを待っていたのか？　鉱山へ行くのを見ていた？

そうでないなら獣神部隊まで合流したのを見て何故、奇襲を仕掛けてきたのか。

（可能性としては、混戦状態に持ち込んで聖女《わたし》を連れ去ることかな）

それとも神鳥への捧げ物である鉱石を奪取して、現政権に取って代わろうとする勢力か。

あるいは、殿下の政敵がこちらの行動に気がついて阻止しに来たのか……。

どれもこれもあり得るってのが一番困るんですけど!?

（んもおおお、ゲオルグ殿下、しっかりしてよねえ！）

そういうのをなんとかするのが役割分担上のそっちの仕事なんだからさあ!!

☆　★　☆

山を下りるにつれ硝煙の匂いが強くなる。

そこに交じる血の匂いに、グッと胃が気持ち悪くなるのを感じた。

ああ、私の大切な人たちが今そこで戦っているのか。

互いに守り守られる立場の仲間に、攻撃されたのか。そうでないことを祈るばかり。

とはいえ、攻撃を仕掛けてくるならもっとやりようがあったと思うのでこの奇襲には手引きした人間がいるって考えるのが妥当だと思う。

（でも……でも大丈夫、みんな強いもの。駐屯部隊全員が敵じゃないはずだし）

敵のスパイが混じっていないのが一番だけれど、戦時下ではよくある話。

ゲーム内でもそうして内部分裂をした……みたいな話は会話にチラホラちりばめられていて、やっぱりそこでも主人公たちが病んでいくんだよね。

ゲオルグ殿下も裏切り者が至る所にいる可能性は示唆していたし……。

確たる証拠が今のところないため摘発は無理だと言われたけれど、やはり神鳥の願いを叶えることで王権を奪おうと画策する人たち、そしてその他にこの山で採れる『特殊な鉱石』を手に入れて周辺諸国に高く売りつけたいだけの安易な人間がいる。

多分、この二つのうちのどちらかと考えていいと思うけど……おそらくは前者だろうなあ。

聖女を誘拐するにしたって兵士たちと一緒のところは普通狙わないと思うしね。

（じゃなきゃ、人数で勝てるにしてもその後が問題だものね）

たとえば部隊全体が裏切っている……というのもあり得る話だ。

トップが敵国と通じて先導すれば、末端はよくわからないままに指示通り動くかもしれない。

アドルフさんがいない第五部隊ならやれると思った可能性もあるけど、一番ありそうなのは私たちが鉱山から戻る前に第五部隊を人質に取ることだろう。

そして、事前に得た情報から私たちが鉱石を採掘していると踏んで脅し取ろうとするか、あるいは、自分たちの仲間になれと持ちかけるか。

（でも全員にしちゃ第五部隊に好意的な人たちが多かったように思うし、やっぱ一部かな）

鉱山の入り口は聖女の結界のせいで普通ならば入れないし、手に入れることが困難であることはそれなりの地位にいる貴族ならば知ることができる話だ。

かつて鉱夫たちを犠牲に採掘していたことにも辿り着いているかもしれない。

「下がっていろ、俺が行く。場を確保したら回復。いいな」

「はい！」

私の隣に、いつの間にか獣化したアドルフさんがいた。

金の毛並みを持つ、狼。

普段よりも二回り近く体軀が大きくなっていて、いつも以上に見上げるけれど……二足歩行の鎧を纏った獣だと言われればその通り。

獣化は暴走するとただの四足歩行のそれこそ獣みたいになるっていうけど、理性を保っていれば武器だって扱えるからやっぱりすごい強いし、そして恐れの対象になるのも当然だ。

でも、怖くなんてない。だってアドルフさんだもの。

(名前の通りの、狼)

アドルフってオーベルージュの古語で狼なんだって。カレンが教えてくれた。

金色で、強くて。頼もしい存在だってカレンはとても誇らしげだった。

だからその分、背負っちゃって。

(……私が、少しでもそれを軽くできたらいいのに)

この戦争を終わらせることでも、それ以外でも。

おっといけない、そんなことを考えている場合じゃなかった。それにしても強いな……。

敵をなぎ払い、場所を確保する姿を見て思わずウットリしている場合ではない。

「隊長だ！」

「イリステラもいるぞ！」

第五部隊のメンツは、アドルフさんが戻ったことであっという間にいつも通りの行動で敵を……といっても、本当に駐屯部隊の一部だったらしく、それらを圧倒したのだ。

「ご無事で何よりです。あいつらがお二人に罠を仕掛けたと言っていたので二の足を踏んでしまい申し訳ありません」

「そんな揺さぶりかけてきてたんですか。特に罠はなかったので、ただのはったりですね」

「……ならもう遠慮はいりませんね」

「マヌエラ、怪我人は？」

「はい、こちらへ。お願いします！」

いつも穏やかで優しいマヌエラもおこですよ、おこ。

まあ軍属なので彼女だっていつも穏やかじゃやってられないから、厳しい面を持っている。

戦闘はアドルフさんや他の人たちに任せつつ、私はマヌエラに護衛されながら合流して危なそうな人から順に治癒魔法を施していく。

（あ、やばい。ちょっと魔力が枯渇しそうかも）

この状況下では魔力を惜しんでいられないので、自分を後回しにするしかない。

なんだったら防御系の魔法も遮断した。

危ないからお勧めできることではないけど、自分の魔力の少なさを恨むよりも今できることをしなくちゃならないのだ。

だって私、聖女ですから！

なんてドヤ顔したって誰も見ていないので、あほなことしてないで仕事をする。

アドルフさんと第五部隊にとって役立つことならなんでもするよ！

推しのためなら聖女として身を粉にして働きます。働かせていただきまアす!!

(まあそんなことマジで口にしたら正座で説教コースなんで黙るけど)

も～、私の推したちが優しすぎて本当に尊いのよ。だからこそ推せるんだけど。

でもそのくらいの気持ちで私はここにいるんだから、頑張らないと。

幸いにも扇動に乗った兵士はそう多くなかったおかげで、アドルフさんの登場からあっという間に戦場は落ち着いた。

敵対したのは駐屯部隊長含む幹部だったから、扇動されなかったたってことは人望……げふんげふん。それはともかくとして、彼らは第二王子がどうのと声高に叫んでいたね。

なるほど、継承権争いかな？　まったくもってはた迷惑な……。

(あとはゲオルグ殿下が何とかしてくれるでしょ、きっとね)

っていうかしてくれないと困るのよ。

そう思った視界の端で、アドルフさんが獣化を解こうとしていた。

そしてもう一つ、別のものも見えていた私は走り出す。

だってそこに武器が見えていたから。

「……アドルフさん！」

それは、特に自分の意思でどうこう、とかじゃなくて。

当たり前のように、飛び出していたっていうか。

飛び出してきた男とアドルフさんの間に立って、彼を背に庇っていた自分にもびっくりだ。

「イリステラ！」

気がついた時には、後ろからアドルフさんに抱きすくめられて。

目の前にはカレンが男を押さえ込む姿があって。

「……俺を庇うつもりだったのか」

苦虫を嚙みつぶしたかのようなその地を這う声にヒェッとなりつつ、私は頷くしかできない。

確かに私なんかが庇わなくてもこうしてみんなの反応が早くて間に合っていたわけで。

むしろアドルフさんも獣化を解除しようとも警戒を解いているはずがないのに。

自分でも何してんだよとか、まあ障壁を作り出すほどの魔力も残ってなかったんだよねとか、いろいろ言い訳を口にしようと思えばできたはずだったんだけど。

「(推しが) 危ないと思ったら、体が勝手に動いてて……」

「……」

「じょ、条件反射ってやつですかね……？　あ、あははは」

私の口から出てきたのは、そんな本音だった。

アドルフさんがものすごく微妙な顔をしてこちらを見て……いや、周りのみんなもだな!?

だってしょうがないじゃない、推しの危機だったんだもの!!

☆

その後——まあ、駐屯部隊長とその他第二王子派を捕らえた私たちは、駐屯地に部隊長不在となってしまったこの事態を憂慮すべき事態と判断して第五部隊を残し王都に戻ることにした。

アドルフさんと私はゲオルグ殿下に報告する責任があるので確定、その他に二人護衛として選ばれた人がつく形で馬を走らせた。

第五部隊に捕縛した連中を見張ってもらいつつ指揮をお願いして、王都で別部隊を少しでも早く派遣してもらわないといけない。

ってことで馬をかっ飛ばしているのだ!

(ひぇぇ……)

そしてこの状況と速度に私は心の中で悲鳴を上げっぱなしである。

馬車でも良かったんだけど、スピードを考えたら馬の方がってことになったんだよね。

うん、それはわかる。急を要することは理解している。

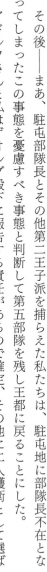

でも何故かアドルフさんと相乗りになって、なにこれご褒美すごすぎない？　ってパニックになったりもしましたが、私は生きてます。

（やだ……すごい密着しちゃった……。鼻血出さなかった私、偉い……）

治癒してた時も手を握ったり肩に触れたりとまあドキドキしてたわけだけど、相乗りの破壊力ったらないわ……まだドキドキしてる……。

まあそんな悶える私のことを周囲はさっきの戦闘で治癒魔法を使いすぎたせいで疲れ切っているんだなと思っているらしく、すごく心配してくれた。

ものすごい罪悪感はあったけど鉱石の件もあって実際疲れてはいたので、その心配はありがたく受け取っておいた。

（だってもう怒濤の展開だったせいで、痛み止めの薬、結局飲み損ねたんだよ……!!）

アドルフさんと密着できた幸せでも噛みしめてないと今にも気を失いそう。

あともうちょっとだから頑張って、私……！

頑張った甲斐あって、私たちは無事に王城に着くことができた。

ただならぬ雰囲気を漂わせていたのか、すぐにゲオルグ殿下のところに通されて一安心だ。

私たちが来た段階で大体のことは察しているんだろうに、殿下ときたら涼しい顔だ。

腹立つなあ！

「お前たちだけで帰参とはどういうことだ、何かあったのか？」

「駐屯部隊長による攻撃に遭いました」

「……ほう。それでお前たちだけ先に戻ったか。では第三部隊を交代に送る。駐屯部隊は一時的に第三部隊の指揮下に置くものとする。すぐに手配せよ」

「はっ」

ゲオルグ殿下は驚かない。

皆まで言わなくてもある程度はわかっていたのか、それとも想定の中の一つだったのか。

いずれにせよさっと指示を出すところは本当に手慣れている。

（……いけ好かないけど、やっぱり王子は王子なんだなあ）

殿下がこれまで私に語った愚痴の内容を考えると、国王陛下は割となんというか昼行灯《ひるあんどん》っていうか、人畜無害っていうか……とりあえず現状幸せだから変化を求めていない・変化を嫌うというところがあるらしい。

戦争も部下たちが上手いことやってくれたらいいし、神鳥様から無茶ぶりが来たなら神官たちがなんとかしてくれたらいいし、とりあえず王として贅を尽くすまではいかなくても穏やかに守られて暮らしたい……みたいな。

まあ、要約すると父親だけどそういうところが嫌いってことらしい。

だから今回もあれやこれやと行動を起こすにあたって、ゲオルグ殿下も意識して『厄介事を片付けてくれる頼りになる長男』って感じで動いて陛下にアピールしたらしい。

そうしたら目論見通り、全権を任せてもらえるようになったっていう話なんだけどさ……どんだけ働きたくないんだ、王様。

「聖女イリステラ」

「はい、殿下」

「……首尾は」

小さく短い問いかけだ。

それでも、その意味が示すことは私が殿下の命を受けて行動していたとアドルフさんに報せるには十分だったろう。

ものすごい視線を隣から感じたもの。

ごめんなさいアドルフさん、後で釈明はさせていただきますからぁ!!

「こちらが鉱石になります」

「……これか。思ったよりも、小さい」

うるせえよ、これが私の精一杯なんだよ!!

女性の手の平にあっさり乗ってしまう程度の石がこの国の命運を分けるなんて思えないのはわかるけど、それでもこっちゃ命がけで採ってきたんだぞ！　もっと感謝しろよ!!

差し出した私の手から、ゲオルグ殿下が石を受け取る。

目の前の殿下が、私のその手を見てハッとした。

（そうだよ）

私は手を隠さなかった。袖からあえて見えるように出した。

本来なら、尊き方に何かを手渡す時は直接手が触れないように気をつけろと教育を受けていても。

見てほしかった。

彼らが放り出した、責任を。

王家の人間以外がやったら、こんな風に皮膚がボロボロになるほど毒が回るんだってことを。

殿下は勿論わかっている側の人だ。

だけど文字で追ったものと、実際に目にしたものとでは重みが変わるかもしれないでしょう？

しっかりとこれを目に焼き付けてほしい。

こんなことを、もう誰にもさせないでいい世界を作ってほしい。

そうするって約束を、交わしたでしょう？

「アニータ！」

「……ゲオルグ様？　いかがか……ヒッ」

ゲオルグ殿下の慌てたような声に、後ろに控えていたアニータ様がやってくる。

そしてその理由を察した彼女は小さく悲鳴を上げた。殿下の陰になって私の手がどうなっていたのか、アニータ様には見えていなかったのだと思う。

彼女は慌てた様子で、迷うことなく跪き治癒を施してくれた。

すごく気持ちいい。泣きたくなるほど温かい。

なるほど、これが治癒……神の奇跡って言われる理由がわかった気がした。

でもハッとする。

私のこの傷は私たちが獣化した人に行う治癒と同じ。アニータ様も殿下とまだそういう関係じゃないわけだし、なにより聖女の規約ってやつが私たちの間には存在する。

このままじゃ彼女が罰せられてしまうではないか！

だめだよ準王族がそんなことになったら私が困るではないか!!

「いけませんアニータ様、聖女同士で治癒は……」

「そんなことを言っている場合ではありません！　どうして……」

言いかけて、アニータ様はハッとした表情でアドルフさんを見た。

つられて私も思わずアドルフさんを見ると、彼は強張った顔で凝視していた。

私の、手を。

「イリステラ」

名前を呼ばれた気がする。

声は、聞こえなかった。

痛みがずっと響いている中で、私はアドルフさんを安心させたくて微笑む。

上手く微笑むことができたかは、わからないけど。

顎を伝う何かの感触に、自分が汗をかいていると気づくくらいには、限界が近い。

「アニータ、治癒魔法をかけ続けろ。アドルフ・ミュラーこちらへ来い、聞きたいことがある」

ゲオルグ殿下のその声に、私は思わず殿下のマントを引っつかんでいた。

驚く殿下の顔を見上げる。だめだ、だめなの。

「彼に責はございません。全ては、私が……」

私が、アドルフさんに言わなかったの。

責任を感じてほしくなくて。

ただ傍にいられたら、私はそれで良かったから。

だから。

「——……だから、お願い。アドルフさんを責めないで……」

手から始まっていたはずの痛みが今はもうどこが痛むのかさえわからないほど、痛い。

王城に着く前からそうだったけど、もう耐えられなかった。

もう恥も外聞もなく、言葉遣いとか礼儀作法とか、そんなものはどうでも良かったから。

私はただ、アドルフさんを守りたい。

それだけを必死に願って意識を手放したのだった。

目が覚めた。

苦しさはないけど、酷く体が重くて、怠い。

(……自分のベッドじゃ、ない……?)

自宅よりもふかふかしていて、なんだか消毒液の匂いもするような。

ああ、そうかゲオルグ殿下と会見中に私はぶっ倒れたんだっけ……。

(毒の回りが酷かったのかな。生きてるってことは、まあ、なんとかなったんだろうけど……アニータ様が治療魔法をかけてくださったから)

もしかしたら命の危機に瀕していたのかもしれないけど、その考えはなかった。

あの時は痛い、とにかく痛いしかなかったのだ。

毒のせいで感覚が鈍っていたんだなあと思うとゾッとするより笑えてくる。

いや、笑うのさえ億劫なんだけど。

必死の思いで、右手を僅かながらに上げて視線を向ける。

自分の体なのにまるで言うことを聞かなくて驚きのあまり笑ってしまいそう。

どうにかこうにか見えた自分の指先は、酷い火傷を負ったような皮膚の引き攣《つ》れがあるような気もするけど、思っていたよりは綺麗に治っているではないか。

（さすがアニータ様、次の聖女長にって推薦されるだけあって実力は本物だったんだなあ）

そりゃ彼女の婚約者であるゲオルグ殿下が私の実力を『最弱』って言うのも理解できるよね。

まああの王子様の場合、私を貶すことで周囲からも注目されないように気を遣ってくれてたんだろうけど。本当に素直じゃない。ねじ曲がりすぎだ。

その気の遣い方、間違ってるんだからな!!

気にしちゃいないが傷つくんだぞ、これでも。

「あ、あー……」

よし、声は……なんか掠れてるけど出る！

体力は……なんか衰えてるっぽいけど、生きてる。大丈夫。

（私があんなタイミングで気を失ったせいでアドルフさんには心配かけちゃっただろうなあ……）

とりあえず、ここはどこだろうか。

アドルフさんに会いたい。ごめんなさいって伝えたい。

何も相談しなくて、ずっと黙ってて、あんなもの見せて、……心配かけて。

（……会いたいな）

それとも私の顔なんてもう見たくないだろうか。だとしても自業自得だ。

そのくらいの覚悟はあった。

でも何も聞かずに勝手に決めつけて落ち込めるほど、私は可愛いヒロイン体質ではない。

（誰か来てくんないかなあ）

とりあえず現状を把握しよう！

困った事態の時はまず冷静になれってアドルフさんも言ってた。ゲームの中でだけど。

なんとか目を動かせる範囲で周囲を見渡したところ、王城内の神殿にある一室のような気もする。

人を呼ぼうにも大声はまだ出せそうにないし、体もまだ起こせないときたもんだ。

いったいどのくらい寝こけていたのやら……。

室内が明るいってことは、気を失ってから時間が経っているんだとは思う。

（たしか、会見の時は夕方くらいで……今、窓からの光が明るいことを考えると翌日ってところかな……？）

大方、気を失った私を治癒するために聖女長様にかけあって神殿の一室を借りてアニータ様が治療を施したに違いない。そして、そのまま休ませてくれたんだろう。

あんな毒状態の聖女を治癒しなきゃいけない事態なんて周囲に悟られちゃいけないもんね。

（殿下との謁見時には誰がいたっけ？）

まあ今回の計画を知っている人たちしかあの場にはいなかったはずだし、少し騒ぎになったような気がしないでもないけどきっとあの腹黒王子が上手いことまとめてくれたに違いない。

だとすれば、ここで大人しくしておけば誰かしら様子を見に来てくれることだろう。

なんにせよ私は身動きできないから大人しくしておくことしかできないんだけどね!!

（後でゲオルグ殿下からも嫌味をチクチク言われそうで憂鬱だなあ）

自分に動かせる駒が少ないからってこっちに八つ当たりしないでほしい。

こっちだって自分にできる範囲で頑張ってたんだからさあ!!

そもそも最弱とか罵るくせに私に対して能力以上を求めすぎなんだよね、あのオウジサマ。

まあ、それでも？　こなしてみせちゃいましたけど？

それもこれも推しへの愛がなせる離れ業……!!

（とはいえ殿下も国をよくするため責任を一人で背負うつもりでここまで計画をして、味方を作ってきたんだもんね）

あのひん曲がった性格も戦争を終わらせるために努力してとっつきにくい人を演じ続けてきた弊害なんだろうから仕方ない。

元々かもしれない可能性が捨てきれないけどな！

（それにしても喉が渇いたなあ）

声が出ないのは喉がカラカラでひっついているような感じがするせいかもしれない。

誰か早く様子を見に来てくれたらいいんだけど。私、目覚めましたよー!!

冗談でドア方向に目線を向けて念を送る。

まあ残念ながらそんな特殊能力は持っていないので、誰も来るわけないかと心の中で乾いた笑いをしていたら、ドアが開く音がするではないか！

必死になんとか顔をそちらに向けると、桶を持ったアドルフさんがいて——パチリと、目が合った。緑のおめめが見開かれてそんな顔も可愛いよ！

とか思っている場合じゃないわ。アドルフさんだよ、アドルフさん！

会いたかったアドルフさんがそこにいるじゃないか!!

「あ……」

アドルフさん。

そう呼ぼうと思ったけど声が掠れる。

掠れたっていうか、もうそれは吐息に近かったかもしれない。

アドルフさんは目を丸くしていたかと思うと、私を凝視したまま大股で近づいてきて桶を勢いよく置いたようだ。ガンッて音がしたから多分テーブルか何かだと思うんだけど。

正直、体が動かないし目線だけでは見える範囲が限られていてだね……。

どうしていいかわからない。

やっぱり怒っているんだろうか。

心配する私を、アドルフさんは背を支えるようにして優しく起こしてくれた。

でも自分で自分を支えられないから、私はまるでぬいぐるみみたいにアドルフさんにもたれ掛かることしかできずショックだ。

しかしアドルフさんは違うらしい。

「イリステラ」

私の名前を呼ぶ声が、触れてくる手が、まるで熱望していたみたい。

されるがままだけどなんだかアドルフさんの手が震えている気がした。

「……良かった……」

あれ、推しにすっごい熱い抱擁されたんだけど、あらヤダ私ったら夢でも見てるのかな？

やばい、いいニオイする。ここは天国か。

妄想もここまで来るとやばいぞ私!!

状況が飲み込めない自分が必死にそう脳内で訴えるけど、バクバクと早鐘を打つ心臓がこれは現実だと訴えてくるではないか。

「え、あ……あう？」

現実だと理解すると今度はパニックになってしまってまともに言葉が出てこない。

いや声が元々出ない状態だからしょうがないんだけども。

でもそれよりもなによりも、アドルフさんが私を抱きしめているという事実に困惑する。

（え、どうしたの。どうしたらいいのこれ）

心配かけてごめんなさいとか、あれからどうなったのかとか。

そういうことを言わなくちゃいけないはずなのに。

どうしよう、ドキドキする。

アドルフさんも今は鎧を着ていなくて、ラフな格好だからダイレクトに体温を感じる。

なんたってゼロ距離だもん！

それを理解すると体中が沸騰するような感覚に陥った。

きっと今、私の顔と言わず耳も首も真っ赤だと思うよ！

これ以上抱きしめられていたら死んでしまうのではないだろうか!?

「あ、どる、ふさん」

なんとか必死に名前を呼ぶ。ガラガラ声なことにショックを受けている場合じゃない。

それが功を奏したのか、アドルフさんは抱きしめる手を緩めてくれて少し距離を……少し距離を置いたら今度はそのご尊顔が近いんだよなあア!!

(ひぃっ、推しの顔面がこんな至近距離にィイ！)

なにこれご褒美地獄か何かなの……？　供給過多は危険よ!?

のぼせてまた気を失ってしまいそうだ。

クラクラし始めた私を見つめながら、アドルフさんは口を開いた。

「無理に喋ろうとするな。お前はずっと、眠っていたんだ」

「……へあ？」

ずっと？　ずっとって何だろう。

魔力の枯渇と毒が原因で倒れたってことは自分でも理解できているので、あれだろうか。

丸一日寝てたとか？　いや、あの毒から考えたら二日とか？

でもそのくらいでアドルフさんがこんな……ただの契約結婚した相手に、こんな熱い抱擁するとか紳士らしからぬ行動をとるだろうか？

いやでも情に厚い人だから、心配してくれたことには違いない。

そう思うととても尊い。尊いが過ぎる……。

「あの日、聖女長様がお前の体を一時的に仮死状態にし、回復したところで目覚めるという高等魔術を使ったんだそうだ。わかるか？」

「……その術は、知って、ます」

それってかなりの高等魔術で、魔力がある聖女でも滅多なことじゃ使ってはいけない術の一つだ。

たとえば、アニータ様みたいに王族がパートナーだった場合とかね。

他に使える聖女がいても、万が一の時のために秘術だからおいそれと使っちゃいけないと言うが現在いる聖女たちはほぼ使えないくらい難しい術だ。

一応私も聖女になった時に学びはしたんだけど……私の魔力量では使えないことはもうおわかりだね？　クッ、悔しい……。

（しっかし聖女長様が秘術を使うほど私ってやばかったのか……だとすると三日くらいか？）

ちなみにこの秘術が実際に使われたのはもう何十年も前とかそんな感じ。

その昔、聖女が溢れるほどいたっていう時代には複数人使い手が存在したそうなんだけど、年々その数を減らして今では使える聖女があまりにもいなすぎて幻の術となったわけ。

その使い手ですら使えたとしても人生で一回とか二回、その程度って話だ。

魔力の枯渇で死んでしまう可能性も考えると、使い勝手の悪い術として封じられている代物だ。

(それを行使できるとは、さすが聖女長様だぜ……!!)

しかも滅多に使っちゃいけないような術を私に使ってくださっただなんて!

思わず感動する私だけど、アドルフさんは大きくため息を吐き出した。

それは呆れているとかそういうのじゃなくて、本当に……安心、した、みたいな?

違う。

私が目覚めて安心したんだ。良かったたって、言ってくれてたし。

(……心配かけちゃったんだなあ)

その様子を見てものすごく、私はものすごーく申し訳なくなった。

推しに心配をかけてしまった!

これは謝罪だ。誠心誠意謝罪をしなければならない。

ジャパニーズドゲザを披露したいところだがさすがに肉体がついていけないし、したらしたで余計にアドルフさんの心の負担になりそうだからしないけど、とにかく謝罪をしなければならない。

速やかに、かつ火急に!!

「あ、の」

「お前は」

アドルフさんが私を真っ向から見て私の言葉を遮った。

その眉間には皺が寄っていて、少し怒っているような……？

思わずそれに口を閉ざしてしまった私を気にするでもなく、アドルフさんは言葉を続けた。

「三ヶ月も眠っていたんだぞ。無理に喋ろうとするんじゃない」

「は……」

なん、だって？

三ヶ月？　今、アドルフさん三ヶ月って言った!?

「はあああああああああ!?」

推しとの結婚生活、残す猶予は――（リハビリも含めて）多分三ヶ月未満である。

幕間　最初から手放せるはずなんて、なかったんだ

「アドルフ・ミュラー。ちょっとこっちへ来い」

「しかし」

「アニータに任せる以外、今は方法がない。それよりも聞かせろ」

「……何をでしょうか」

己の声が思いの外、不機嫌を隠しきれないことに自分で驚きつつ平静を装った。

殿下はイリステラを『最弱の聖女』と呼ぶ。

そして聖女全般を『使い捨ての駒』と言うが、決してそれは彼女たちを卑下するものではない。

何かしらの意図がそこにあるのだろうが、それを明かさない。

俺はその秘密を探ろうとは思わなかった。思う必要がなかった。

何故なら俺は戦って死ぬこと以外気にしていなかったからだ。

だが今回、イリステラの言動と殿下の今の対応で、俺は混乱していた。

「お前、結婚してからあの女と契りを交わしたか」

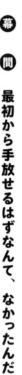

「……は？」

問われた内容はあまりにもプライベートなことすぎて、思わず声が更に低くなってしまった。

不敬だと言われてもこればかりは『何を言っているんだ』としか思えず、俺は口を噤む。

口を開けば、悪態を吐いてしまいそうだったからだ。

（そんなことを話している場合じゃないだろう！）

イリステラが、倒れたというのに。しかも、俺の目の前で。

それなのに支えてやることすらできず、傍にいてやることもできない。

（きっと無理が祟ったんだ）

あの山で何かがあった。俺が見ていない、何かが。

わかっていたが、あえて聞かなかった。

彼女が必要だと思った時に話してくれればそれでいいと考えていたからだ。

（だが、その考えが間違いだったのか？）

イリステラは必要なことを何も語らない。お喋りなのにだ。

いろいろなことを教えてくれるし、俺の、俺だけじゃなく仲間たちの心も救うほどに甘やかな言葉をたくさんくれるというのに……彼女はいつだって肝心なことを言わない。

（傍にいることすら、許されないのか）

苛立ちが募る。

だが、そんな俺を見てもゲオルグ殿下は怒らない。

「……あいつ、何も話していないな？」

「……どういうことですか」

「聖女は特定の、心を通わせた相手と肉体の契りを交わすことによって、その能力を発揮しやすくなるとされている。有り体に言うと増幅と安定だな」

「……なに……？」

何を言っているんだ。

だが同時に、納得もしていた。

イリステラは以前、言っていた。聖女は、傷ついた魂を癒やすのだと。

そしてその治癒魔法を使いすぎると、自分たちの命に関わるのだと。

その話を聞いて俺は、命を削るようにして俺たちのような獣化した人間の、ボロボロになった魂を癒やす聖女は誰に癒やしてもらうのだろうと不思議に思っていた。

聖女を守るための楔役として、伴侶が獣神部隊から選ばれる。

俺たちはそれしか知らされていなかったし、それ以上を知ろうと思わなかった。

ではそれの本来の目的が、聖女を外部の敵から守ると同時にその『疲弊した命』を守るための伴侶という意味であったのなら？

（何故、イリステラはそれを秘密にしていた？）

答えは簡単だ。

俺が、彼女に『愛せない』なんて宣言を初日にしたからだ。

(馬鹿な)

守りたかったんだ。

選んでくれて嬉しいと思う反面、俺のような汚れたケダモノの傍にいるのは苦痛だろうと。

いつか別れるならば、最初から傷つかないようにして送り出してやるのがいいだろうと思って。

「……イリステラは聖女たちに預ける」

「俺は」

「お前の責任ではない。自分の命よりもお前に負担をかける方が嫌だから黙っておくことを選んだだけだろう。あいつは……ずっと、お前に憧れていたそうだからな」

殿下は教えてくれた。

イリステラが、殿下が何を狙い、今回の鉱山に行くことを目的としていたのか。

そしてその狙いの先が、王権を手にして戦争を終わらせることであること。

そのために神鳥の願いを叶えるべく、その意思を重んじる一部の聖女たちと殿下が秘密裏に数年前から計画を練っていたこと。

そこに、イリステラもいたこと。

(何も、知らなかった)

本来、彼女の伴侶に選ばれる予定だったのはこれらの事情を知る殿下の腹心、つまり第一部隊の騎士となるはずだったこと。

だがイリステラの希望と、王権を狙う他勢力からノーマークであるという事情から、俺が伴侶として選ばれた。その方が何かと都合が良かったからと。

「……戦争以外にも、命の危険にさらされるんだ。好いた男の方がいいだろう」

ゲオルグ殿下はそう、言った。そうして戻ってくる第五部隊を待機させろと、そう告げてその場を去って行った。

俺は立ち尽くすしかできない。

(好いた男。それは俺のことなのか)

いいや、それは確かにそうなのだろう。信じられないことだが、これまでが物語っている。

彼女が俺に向ける眼差しは、いつだって温かくて、甘かった。言葉も、態度も、なにもかも。

(一線を引いていたのは、俺の言葉を守ってのことだったのか)

だとしたら、そうまでして何故、こんな男に。

そんな愛情を向けられたら、俺は。

もう目を背けることが許されないと知った。俺自身、彼女と向き合いたいと思った。

(ああ、これを愛と呼んでいいのなら)

この手を離したくないと、イリステラに思ってもらいたい。

そして俺の傍らで笑ってくれたらいいと、そう気づいてしまった。

(彼女の幸せを願うなら俺は相応しくない)

だけどもう。無理だ。

彼女を失うなんて、許せるはずがなかった。

覚悟を決める。

　これまでの彼女の献身に見合うだけの俺にならなければならない。


「イリステラ」

俺は毎日のように、眠る彼女の元を訪れる。

教会内部に眠るイリステラは、穏やかな表情だ。

聖女長の、命がけの術で彼女は命の灯火を辛うじて留めた。

いつ目覚めるかはわからないが、それでも命を繋ぎ止めることができたのだ。

体が治ってくれれば、自然と目覚めるものらしいが……聖女長はいつかこういう日が来ると思って、魔力を温存していたんだそうだ。

代償として、聖女長はその力を失った。

獣化もできず、治癒の力も持たない。ただの女性になってしまった。

だが俺は聖女長様のその行動に、最大の敬意を払う。

これからもずっと、必要ならば求められる限りの支援をしていくつもりだ。

それだけのことをしてくださった。

大切な人の命を繋いでくれたのだから。そこから先は、俺次第。

「目覚めたら、覚えてろよ」

俺はもう、お前を手放してなんかやれないと覚悟を決めたんだ。

第五章 推しが幸せなら、まあいっか！

（いや、本当に三ヶ月経ってた……）

アドルフさんの口から飛び出た衝撃の『三ヶ月』発言からちょうど一週間が経過して、私はようやく教会を出て自宅に戻る許可をもらえた。

いやもうね、そのくらい私の体は限界を迎えていたらしい。自覚してなかったよ……。

聖女長様には目が覚めて三日後くらいにようやく自力で体を起こせるようになったのを確認されてから説教を受けたよね。

『渡した薬は痛み止めの効果だけでなく、回復力を高める効能もあるとあれだけ言い含めたのに何故飲まなかった！』

ってな感じに叱られましたがあれは飲めなかったんですう、飲みたかったんですう!!

まああの状況では仕方がなかったということで、最終的には助かって良かったと聖女長様だけでなくアニータ様にも泣かれてしまいました。なんとハグつきで。

お二人とも大変良い匂いがしました。

とにかく、いろんな人に心配をかけてしまったんだなあと反省しつつ、私はアドルフさんに連れられて自宅へと帰っている。

まあね？　アドルフさんが迎えに来てくれるのは当然っちゃ当然よね。契約とはいえ夫婦だし。

当然なんだ、が。

（どうしてこうなった？）

アドルフさんは当たり前のように私の荷物（といっても大してない）を持ったかと思うと、当たり前のように手を繋いで（!?）私の体調を気遣いつつ『手続きは全部終えてある』とスパダリらしく宣言して歩き出したのだ。勿論、歩く速度は私に合わせて。

「本当なら馬車がいいんだろうが」

外に出て町を歩く中で、アドルフさんがぽつりと言った。

私に向けられた目はどこまでも柔らかだ。ドキッとした。

「お前の努力が、どう実を結んだのか。その目で見てもらいたかった」

「……え？」

町を見る。

私が覚えているよりも、活気があるだろうか。

（ああ、そうか）

戦争は、私たちが計画していたとおりに終わりを迎えた。

鉱石を手にゲオルグ殿下が国王を適当に丸め込んで儀式を行わせ、神鳥は大いなる力（？）を用いて威信を示した後、他国に向けて神がいつでもこのオーベルージュを見守っている的な発言を響かせて、神々しく姿を消していったのだとか……。

いや無理くりすぎない!?

よくそれで講和条約を結ぶに至ったね!?

で、これまで王家と一部の教会の偉い人が行っていた不正や、神鳥様の願いを却下して戦争していたことを詳らかにしたゲオルグ殿下の告発により、多くの人が粛正の対象となった。

第二王子含め多くの人間がそれなりの処罰を受ける中、一連の責任を取るというか、戦争も終わったし新時代の幕開け……という名目で国王も譲位することを発表。

こうしてオーベルージュはこれまで実務を担いながら獣神部隊の第一部隊長も務めていたゲオルグ殿下が新国王となり、勿論その婚約者であった聖女アニータ様が王妃になったわけだ。

これに国民が喜びの声を上げたのは言うまでもない。

まあ私は寝ていたので聞いてないいんだけども。

神鳥様がいなくなってもすぐには獣化と聖女の関係そのものが消えるわけではないらしく、時間が全てを解決していくとかなんとか神鳥様から説明があったらしい。

私は聞いていないので、全て伝聞だ。

（でも、戦争は終わった。本当に終わったんだ……）

講和条約が締結されてもまだ、両国の間にどこかギスギスしたものは残るのだろうけど……それでも、以前のように怯えなくていい生活が戻ったのだということで、人々には活気が戻ったそうだ。

「まだこれから復興で多くの問題はあるが……それでも、人々の笑顔を取り戻したのはイリステラ、お前が努力した結果だ」

「……」

「それを大々的に公表はできないことも、事情も、陛下から聞いている」

「……」

「俺たち獣神部隊は解散されていないし、俺もまだその隊長で、お前は聖女のままだが……当面は俺たちは待機部隊だ。戦争は終わった」

「そ、う……なんですね」

どうしよう、実感がない。

だって三ヶ月眠っていて大事なところを全て見逃してるんですよ、しょうがなくない!?

でもまあ、行き交う人々の表情が明るいことはわかるし、並ぶ品々が劇的に変化したとかはないけれど……以前よりもなんだか活気がある気もする。

「部隊のみんなも心配しているぞ」

「わあ、会いたいです！」

「ああ」

アドルフさんが優しく笑ってくれるだけで私は幸せだよ！

そうかあ、もう戦争に行かなくていいから部下たちも安全だと思えばアドルフさんの表情が穏やかにもなるよね。素敵。

「だが、一人での外出は当面諦めろ」

「ええ!?」

「お前の体はまだ万全じゃない。出歩くにしても、俺が必ずついていく」

「う……」

「いいな？」

確かにそれを言われるとその通りだから言い返せないんだよなあ！

寝っぱなしだったことも影響しているのか、全身の筋肉がかなり落ちていることは自覚しているし、当然ながら体力も衰えていることだろう。

正直、こうして歩いていてもそれを感じるのだから平和になった町を見てテンションマックス！なんてことになったら、途中でダウンする未来しか見えない。

しかしアドルフさんの手を煩わせるなんて……!!

「……わかりました」

「理解してくれて助かる」

どこかホッとした表情を浮かべるアドルフさんは、私がだだをこねるとでも思っていたんだろうか。これまでそんなことしたことないんだけどなあ。

　ちょっぴりショックだわ……。

　推しを困らせるなんて！　いたしませんよ!!

（推しのことは幸せにしたいし本当なら三ヶ月もお世話放置してただなんて自分的にはあり得ない事態なんだけど、この雰囲気だとおうちに着いてからも以前と同じレベルの家事をこなそうとしたら逆に迷惑かけそうだしむしろ心配かけちゃうか……？）

　ぐぬぬ、これは由々しき事態だぞ。

　そんなことを考えているとアドルフさんがふと一つの店に目を留めて、私を見る。

「お前の好きな果物があるが、買っていくか？」

「え、いいんですか？」

「ああ。お前の快気祝いだ、なんでも買ってやる。晩飯は……まあ、悪いが俺の作ったもので我慢してくれ。部隊の連中が明日、祝ってくれるそうだからそっちを楽しみにしておけ」

「はい！」

「……町を見ることもできたし、買い物が済んだら馬車に乗るぞ」

「えっ、もう少し見て回りたい……！」

「だめだ」

　あっ、これ以上はアドルフさんも聞いてくれないモードだ。

でも嬉しいことを聞いたから、今日は大人しく従っておこう。

箱推しメンツがみんなで私の快気祝いをしてくれるとか！

そんなん聞いたら悩んでる時間の方が惜しいじゃない。

（ああ……私、ちゃんと生き残ってて良かったア!!）


久しぶりの自宅は、記憶の中にあるままだった。

といっても私の中じゃあ三ヶ月はまるっと記憶にないので、一週間ぶりの帰宅って感じ。

（アドルフさん、ちゃんと掃除してくれたんだなあ）

申し訳なさと一緒に感動もひとしおだ！

いやもしかしたらマヌエラが手伝いに来てくれてたかもしれないけど。

カレン？　彼女はお掃除嫌いだから……。

「お前がいない間、少しだけ家具を移動させた。こっちに来てくれ」

「えっ、はい？」

何かな、お見舞いの品で大きなものでも届いたとか？

私はアドルフさんに言われるままについていく。

この一軒家は二階建てで、一階に浴室や洗面所、キッチンとリビング、薪を置いておく物置といったものがある。

そして二階には四つの部屋があって、そのうちの一つが広めの構造なんだけど……その部屋を挟んで私たちの私室としている。

で、大きな部屋自体は私たちは第二のリビング的な？　扱いをしていたんだけど……まあ普通に考えたら本来の目的としては夫婦の寝室用なんだよね。

この世界、夫婦同室が普通なので……大きな部屋にどーんとでっかいベッド、そんで他の部屋は将来の子供用と来客用！　みたいなスタイルが一般的だ。

そういう意味ではうちはかなり特殊っていうかそもそも契約結婚が特殊なんだけどね？

まあそれはそれとして、何故かね？

そう、なーぜーか！

一番広い部屋に、ベッドが増えていたんですよ。こう、中央にどどんとね？

いやね？　夫婦としては正しいのかもしれないけどね？

しかもそのベッドがどこからどう見ても二人で使うダブルベッドサイズでしてね!?

「ふぁ……？」

理解が追いつかず、部屋に入った瞬間にスペースキャット、いわゆるスペキャ顔になりましたよ。

ええ、推しがいる前でそんな顔すんじゃないよって自分の理性が訴えてたけど、この部屋見たらそうなっちゃうのは当然でしょ!?

「お互いの個室は今まで通りだ。そちらも一応掃除はしていたが、荷物や服には触っていない」

「え、いや、あの、これ」

「……夫婦なんだしこれから寝室は一緒でいいだろう？　リハビリも手伝いやすいしな」

「あ、ありがとう、ございます……？」

なるほど、私が本調子に戻るまでしっかり面倒見るおつもりですね!?

えっ、推しにそこまで気を遣わせてしまったとか……アドルフさんは一人部屋の方がいいだろうに、早く体調を戻して個室に戻らねば！

思わず拳を握ってしまった私に、少し考える様子を見せた彼が軽く小首を傾げた。

ひぇ……なにその仕草。色気の塊かな……？

私は弁えたファンのつもりではあるけど、万が一があるかもしれないんだから気をつけてアドルフさん、貴方のその無防備さが心配です!!

「とりあえず体調はどうだ。休まなくていいか？」

「大丈夫です！　筋力と体力の衰えは感じていますけど、毒とかそういった状態からは回復しているようですし……鉱石毒の後遺症もなさそうだとアニータ様が仰ってましたから」

「そうか」

ホッとした表情を見せるアドルフさんに、早く回復しなければ……そう心に誓う。

といっても普通の生活をしつつ筋トレとか、ウォーキングとか、そういうことを心がけるくらいしかないかなあ。

とにかく動けるようにならないと、今後の生活にも支障が出てしまう。

（戦争は終わっているけど、一応は軍属の聖女っていう立場は変わらないしね……）

これからは獣神部隊が中心となって、軍の編成が考えられていくはずだ。

戦争が終わったことで軍は縮小する予定とはいえ、経済面では大きなダメージを残しているから油断は禁物。

雇用からあぶれて暴徒になった軍人崩れやら、戦争中も働き口がなくて裏稼業に手を出してそのまま戻れない人たちから市民を守っていかなきゃいけないわけだし、国家としても悩ましい問題の一つであると以前、ゲオルグ殿下……今はもう陛下か、が言っていた。

いずれは消えゆく能力とはいえ、獣化自体は今現在もある能力なのだから、対処するにはやはり獣化せざるを得ない場面だってあるはずで、そう考えると獣神部隊を解散させるよりも国王直下の精鋭部隊として残した方が絶対にお得なのだ。

獣化も使う部隊を残すのだ、そうなれば聖女《わたし》の能力《ちから》が必要になることだってあるはずだ。

それを考えたらこんなところでへばっている場合ではない！

（筋トレ、頑張ろう……!!）

寝室が一緒になってしまったことに対しての動揺は今もあるけど、看病の観点でいえばやはり同じ部屋の方が便利だもんね。

あと三ヶ月くらいの結婚生活、これはきっとご褒美に違いない。

いやアドルフさんと過ごせる毎日は私にとってご褒美以外の何物でもないけど。

「イリステラ」

「はい？」

「……夕飯を作ってくるから、少し休め。顔色が悪くなってきた」

「え」

自分の顔をペタペタ触ってみるけど、実感は湧かない。

そりゃそうか、顔色だもんな！

言われるままにベッドに腰掛ける。室内にはソファもあったんだけど、そっちに行くのが億劫だと思った段階で疲れていたのかもしれない。

（やっぱりまだまだ本調子にはほど遠いんだなあ）

さっきまで町並みを見てちょっとテンション上がっちゃってたから、気づかなかったのかも？

こうしてベッドに座って落ち着いてみたら、どっと疲れを感じる。

アドルフさんがそんな私を見て、笑った。かと思うと、軽く抱きしめて頭にキスを一つ。

（ひぃえ!?）

硬直する私をよそに、アドルフさんは当然のことのように頭を撫でるオマケまでしてのけて私の肩を押して横にさせる。

なんだか手慣れてますね？　さすがアドルフさん……？　いやちょっと混乱がですね。

「いい子で寝てろ。できたらこっちに持ってきてやるから」

「ひゃい……」

くすくす笑うアドルフさんの声がやけに甘く感じる。

きっと私の顔は真っ赤に違いなくて、思わず枕に顔を押し付けるのだった。

★ ★ ★

自宅に戻ってから更に一ヶ月が経過した。

なのに体調の戻りは正直、あまりよろしくない。

戻ってきた時点に比べれば、活動していられる時間は長くなったと思うけど……。

アドルフさんが過保護っていうかもはや介護士かな？　くらいに献身的に私のサポートをしてくれて、なんだか逆に申し訳なくなってきた……。

個人的には推しに尽くしたいのであって尽くされるのは解釈違いなんですよ！

あ、でも乙女としては最高ですありがとうございますこの思い出だけで残りの人生、健やかに生きていけそうな気がする。

ちょっと誇大表現でした申し訳ございません。

ちなみに、第五部隊のメンツとはちゃんと再会できたし謝罪もしたよ！

本当なら心配をかけたことに対して五体投地をキメたいところだけど、そこは自重。

私が無事に目を覚ましたことで涙を流して喜ぶ人もいれば、いきなり万歳三唱をする人もいて驚きの連発だったけど……ひとしきり再会を喜んだ後は大説教大会だったことは解せねえ。

さすがに詳細は伏せられていたけど、私が今回、いろいろと秘密裏に動いていたということだけ明かされたらしい。納得できるような、余計に心配したっていう両方の声が混じりつつの大説教大会は愛されてるなあってちょっと嬉しくもあったね。

いや心配かけてごめんって！　ちゃんと反省はしてるんだってば!!

あの日以来、私はアドルフさんと一緒に第五部隊の宿舎への行き帰りを歩くことでリハビリとしている。

「……大分、歩けるようになったな」

「そうですね、第五部隊の宿舎への行き帰りで途中休むこともなく歩けるようになりました！」

最初のうちは思った以上に息切れしちゃって、頑張ればもう少し……って思うんだけどアドルフさんにストップかけられる日々だったんだよね……。

健康な時の三倍は時間がかかってたんじゃなかろうか。

現在はその頃並の速度で歩けるようにはなったと思う。いや過大評価は良くないな、少し遅いくらいだと思う。走るのは無理。

「ああ。だが辛くなったらすぐに言え、馬車を拾う」

「過保護ぉ……」

「無理をされては困るからな。早く良くなってもらいたいと願っているんだ」

「もうほぼ平気ですよ！　自分のこともほとんどできるようになりましたし!!」

「そうか。だが無理はしてくれるなよ」

過保護だと言いつつも、アドルフさんの心配はもっともだと自分でも思う。

私が思っていたよりも、私の体はずっと深刻なダメージを負っていた。

自宅にも戻れたし筋力と体力も徐々に戻るだろーって楽観視していたら、まず食えないの。

食べたいんだよ？　食べたいんだけど胃が受け付けない。

ほぼこれお湯じゃね？　っていう教会の重湯《おもゆ》生活、ドロドロのオートミール、それらを乗り越え普通のお食事！　って思ってたのに食べられなかったこの衝撃と悲しみと悔しさよ!!

推し特製の！　お料理が！　食べられないとか!!

ずっと寝ていた弊害かとも思ったんだけど、どうやら毒の影響というやつらしい。

解毒されているからそれ以上悪化することもないけど、内臓のダメージは治癒魔法ではどうにもならんかったんだとか。アニータ様が本当に申し訳なさそうに言っていたけど、彼女の実力不足とかそういうんじゃないから仕方ないと思うの。

死にかけた臓器を治してもらっただけでもすごいことなんだからさ！　しょうがないよね。

むしろ生きてるだけで丸儲け。ポジティブに行こう。

（でもまさかここまでくるのに一ヶ月も使うとは……ううぬ）

歩けるし大丈夫！　とか思ってたけど、本当にちょっとしたことで突然電池切れみたいに体力が尽きちゃうのよこれが。

限界を理解して休むとかそういう次元じゃないの、本当に気がついたらぶっ倒れんの。

おかげでアドルフさんの過保護が加速したんだけど。

下手したら移動が姫抱きになっちゃいそうな勢いだったので、妥協案で外を歩く時は必ず手を繋ぐっていうことになりました。

わしゃ二歳児か。

いやどう見ても要介護者ですね。

でもそんな感じで一ヶ月、少しずつ食事と運動、そして睡眠と健康的な生活を送って、自分で着替えもできるし一日普通に生活できるレベルまで復活したんですよ!!

まだ走ることも買い物の荷物を持つことも許されてませんけどね……ははは。

（もうこれで寝室を元通りにしてもいいですよーって言えるんだけど。……言えるんだけど）

約束の、一年まで、残すところあと二ヶ月。

たった、二ヶ月なのだ。

私は『元気になった』とアドルフさんに言ってみせたけど、でも……寝室を分けてももう大丈夫、とは口に出せずにいた。

（あと少し、だけだから……）

彼の優しさに、もう少しだけ甘えたい。

そんな風に願ってしまうずるい自分がいる。

アドルフさんは優しい。

きっと私に対する責任感から、献身的になってくれているのだろう。

契約とはいえ夫婦だからとか……上司と部下だから、私の怪我に気づいていても問い詰めなかったこと、結果倒れたことに対してきっと責任を感じているんだと思うんだ。

戦争が終わって、その立役者でもある私に感謝の気持ちが強くあるってのも要因の一つだと思う。

でも、まるであのアドルフさんの髪色みたいな蜂蜜とかべっこう飴っていうか、とにかく甘い甘い対応にさあ、こう……こうね？

アドルフさん推しの人間として！

もう少し、もう少しだけ!!　甘やかされたいんですよ……!!

（クッ、推しの負担になるようなことはしてはならんと自戒すべきところなんだが……）

どうせ離婚をされるなら、夢を見たっていいじゃなーい。

そう私の中の悪魔が囁くのだ!!

「どうした、百面相をして。欲しいものでもあったか？」

「子供じゃないですよ!?」

「……ふ、そうだな」

　ああ、もう。そんな風に笑うから！

　ドキドキするこの気持ちは、もっとアドルフさんの傍にいたいと訴えている。

「なあイリステラ。もう、体調はほぼ大丈夫なんだな？」

「え？　ああ、はい。日常生活に困ることはないですね！」

「なら」

　繋いだ手に、僅かに力が込められた気がした。

　痛いとかそういうのはまるでないけど、逃がさないっていうか離れないように、みたいな？

　どうしてって思って見上げたら、アドルフさんは私を見ていた。

　その目はなんとなく切なさを孕んでいて、私はその感情を見たことがなかったから少し驚いて思わず立ち止まってしまった。

「アドルフさん？」

「なら、イリステラ、今夜――」

　アドルフさんが囁くような声で、私に何かを言おうとする。

　それを聞き逃してはいけないと私が思わず息を止めて、耳を澄ませる。

　その瞬間。

「アドルフッ!!」

甲高い、悲鳴のような声がアドルフさんを呼んだ。

思わずハッとして私もアドルフさんも同時にそちらを向いたけど、ここ往来だったね！

「……エミリア」

ものすごく、アドルフさんが苦々しい顔をしておられる……！

でもそんな表情も素敵!!

とか堪能している場合ではない。彼女の様子がおかしいっていうか鬼気迫っていて怖い。

「なんで……アドルフ、アンタ、何してるのよ！」

「妻と仕事から帰る途中だが？」

まあその通りなので私も小さく頷いておく。

なんかここは肯定しておかないといけないような圧をアドルフさんから感じたからね。

私は空気が読める聖女なのだ！

「なんでよ……その子はお飾りの妻じゃないの？　聖女だからなんでしょ？　ねえアドルフ、あたしたちを、あたしを捨てるっていうの？」

「エミリア、俺は」

「あたしがアンタを男にしてあげたでしょ？　恩があるでしょ!?」

(うわあ)

とんでもない発言が飛び出て私は目を白黒させてしまった。

いや、アドルフさんほどの美形でかっこ良くて稼ぎもあって紳士でお気遣いができる素敵な人ならばそりゃ千人斬りだっていけるだろうと私は確信しているが、アドルフさん自身はとてもシャイで優しくて真面目なのでそういう専門的なおねーさんか、あるいはオツキアイしている女性とだけだろうと思ってたんだけど……。

いや二人の様子からすると親密な感じは前にもあったし。

エミリアさんが一方的にだけど。

でもアドルフさんはそれを切り捨てられず好きにさせていたって話だし。

（あー、ということは、まあ……エミリアさんとそういう関係も、あったの、かなあー……）

ちくん。

わかっていることなのに、改めて突きつけられると少々、いや、かなり胸が痛む。

そのくらいにはアドルフさんに対する私の感情が、大切な〝推し〟ってだけじゃなくて〝好きな人〟だからこそ……元カノを前に冷静でいられないっていうかね。

契約妻だからそもそもスタートラインに立っていないので嫉妬もおかしな話なんだけども。

乙女心ってのは複雑なんですよ！

「……語弊のある言い方をしないでくれるか。確かに、救済院では他の仲間と馴染めずにいた俺を励まし、仕事の仲介をしてくれたことは感謝している」

（あ、そういう？　いやいや、言い方が語弊とかそういうレベルじゃないわ）

なるほど、私がいたところでも確かにグループがあったし、院内で仕事の割り振りなんかであぶれる子ほど危険な仕事とかしていたし……仲間に入れてくれると助かるのよね。

全員が全員善意で生きていけるわけではないので、仕方がないとはいえ世知辛い。

アドルフさんほど情に厚い人は、その恩を忘れるのは申し訳なかったんだろうな。

「だが、いい加減にしてくれないか。俺がお前のことを好きだとか、付き合っていただとか……そういったことを周囲に吹聴されるのは迷惑だ」

その声は淡々として、怒りや軽蔑などといったネガティブなものは感じさせなかった。

ただもう本当に、事実だけを述べているって感じで。

「これまでは好きにさせていたが、お前も俺も、もう大人だ。いつまでも子供の頃の関係そのままではいられない。お互い結婚して、お前には夫が、俺にも大切な妻がいる」

グッと肩を抱かれて私は思わず目を瞬かせる。

だって大切な妻って今言われて、それがエミリアさんを退けるための言葉だってわかっているのに頭が真っ白になってしまったのだ。

いや、ここ最近のアドルフさんが私に対して思わせぶりっていうか、スキンシップが激しいっていうか、おはようとおやすみ前は勿論のこと、何もない時でもデコチューとか髪にキスは当たり前、ハグやこうして肩を抱かれることもしばしば。

それが介護と感謝で距離感がバグったんだろうって、勘違いしちゃいけないって、ちゃんと分別を持つべきだと自分を戒めてはいるんだけどね？

どうしたって恋する乙女はそこに期待してしまうじゃない。

そこに今の『妻』発言ですよ。

しかも『大切な妻』!!

（はあ……なんて甘美な響きなの……）

思わずウットリしてしまった私だけど、エミリアさんからしたら怒髪天を衝くほどの発言だったらしく顔を真っ赤にしてプルプル震えているではないか。

周囲には若干とはいえ人垣ができ始めているので、これは困った。

こんな王城からそう離れていない場所で騒ぎを起こしたとあればゲオルグ陛下に何を言われるかわかったもんじゃない。

そう思っていると、少し離れた所にこちらに向けて駆けてくる憲兵の姿と、人垣の中から現れた熊みたいな人の姿が目に留まる。

「エミリア、何やってるんだ！　すまん、アドルフ!!」

「ダン！」

「こっちに来るんだ、エミリア！　アドルフ、すぐにコイツを連れて帰るから――」

「ああ。頼んだ、ダン」

おお……あれがエミリアさんの旦那さんでアドルフさんの友人・ダンさんか！

確かに少し足を引きずるような様子もあるけど、元気そうではないか。

見た目は恰幅が良くてクマさんみたいな人だと思った。

ダンさんはあっという間に暴れるエミリアさんを抱きしめるっていうか、最終的に羽交い締めしてその場を去ろうとする。

でもエミリアさんはジタバタともがきながらも、視線はアドルフさんに向いている。

その様子はどう見ても普通じゃなくて、少しだけゾッとした。

「離してよ！　わかってんでしょアドルフ、アンタは幸せになんてなっちゃいけないのよ！　あたしの両親を傷つけたのはアンタの親父！　そしてその傷の癒えないあたしを傷つけたのはアンタなんだから！　アンタはあたしのために生きなくちゃいけないのよ!!」

「……」

「アンタは！　あたしの憎しみを受け取り続けなきゃいけないのよ……!!」

大声でそう怒鳴るエミリアさんのその言葉に、私はアドルフさんを見るしかできない。

でも彼の緑の瞳には、なんの感情も浮かんでいなくてただただ、空虚だった。

結局、エミリアさんとダンさん夫妻はやってきた警備の兵士に連れて行かれてしまった。

まああれだけ町中で騒いで目立ってしまったこともあるし、その相手が獣神部隊の隊長ともなれば放置した方が外聞もよろしくない。順当だろう。

アドルフさんもそこは理解しているのか、特に庇うこともしなかった。

とはいえ暴言を吐いただけと言えばだけなので、厳重注意で済むのだとは思う。

もしかしたらちょっとくらいは罰金取られるかもだけど……戦争が終わったばかりなので、あまり厳しく取り締まることはしたくないって陛下も仰ってたし。

(とはいえ、ある程度は示しをつけないといけないからこれからは刑法も変わるんだろうな)

私は詳しくないけどね！

でもこれが戦争の終わる前であったら、もっと厳しい処断がされただろうからそこはよかった。

なんだかんだ、アドルフさんの大切な幼馴染たちが酷い目に遭ったとなれば、優しい彼のことだからまた気に病んじゃうか自分のせいだって背負っちゃうかもしれないからね。

「……エミリアが言っていたことは、嘘も真実も両方あった」

「え？」

「俺の父親が戦禍で亡くなった話はしたか？」

「……はい」

歩きながら、アドルフさんがまるで今日の天気の話をするようにそんなことを口にする。

私はただ相槌を打つしかできなかった。

「襲撃と逃げる人々、その混乱の最中に俺の父親は暴走した。母と俺を守るためだったのかもしれないし、恐怖からかもしれない。正直、俺にとっても記憶があやふやだ」

遠くを見るように視線を空に向けるアドルフさん。

彼の胸中には、今もその時のことが焼き付いているのだろうか。

「……あの日、暴走して襲いかかってきた俺の父親を止め、そして看取ってくれた獣神部隊に、俺は感謝と畏敬の念を抱いた」

「……」

「俺の父親の暴走は、俺たち家族だけの問題じゃなかった。敵兵をなぎ払うと同様に、周囲の避難する人々をも傷つけた。その中に、エミリアの家族もいた……らしい」

「らしい、ですか？」

「ああ」

アドルフさんにとっても曖昧な記憶。

それは後に、隊長という役職を得て当時の記録を調べてようやく『そうだったかもしれない』程度の、不明瞭なものだったそうだ。

それはそうだろう、アドルフさんが幼い頃といったら戦乱が激しくて混乱を極めた時期だ。私がもしかしたら生まれてるかどうかすら怪しいぞ？

むしろ記録があった方が驚きなくらいだと思う。二十年以上前だと仮定して、その当時は恐怖や混乱から獣化してしまう人が多く出たと、私も聖女教育で学んだから知っている。

そしてその混乱のせいでより被害が出て、記録も何も生きるだけで精一杯な時代だったって。

癒やしの能力が広められたとはいえ、それが『聖女として』確立され、獣神部隊との関係を安定させるまではやはり暗黒時代と呼べる時があったのだ。

混乱で獣化した人が出て、そこで被害に遭った人がいる。

それ自体は痛ましい事故で、悲しい出来事だけれど。

でも今の話を聞く限り、アドルフさんは実の父親に襲われかけたってことでもある。

(なら、やっぱりアドルフさんだけが責められる話じゃない)

そりゃ当事者からしたら誰かのせいにしたいだろう。

自分の家族を奪った相手の家族がそこにいたら、詰ってやりたくもなるのだろう。

戦争中だから仕方ない、そう割り切れる人ばかりじゃないのだ。

たとえ、それが八つ当たりだとわかっていても……エミリアさんは誰かにそのやりきれない気持ちをぶつけたくて。そしてその対象が、アドルフさんだったのだろう。

(彼女自身の、心を守るために……)

そうでもしなきゃやってらんなかったのかなと思うと、胸が痛い。

だとしても私の推しを傷つけることは許さんがな!!

「まあ、エミリアが言っているのは八つ当たりだ。獣化した人間が暴走すれば、誰かが傷つく。だがそれが俺の父親で、エミリアの家族だったのかはわからないままだ。ただ、あの地区で俺たちが一緒だったと思われる……それだけだ」

エミリアさんの家族は、獣化して暴走した人に襲われた……が、それがアドルフさんのお父さんとは限らない。だって獣化した人の姿を見分けるのって、大まかにどんな獣タイプかってくらいでそもそも見分けがつきづらいのだ。

混乱の最中に犬と狼とジャッカルがいたら見分けがつくか？　私には無理だよ!!

そもそも暴走してあちこち暴れ回る獣を前にその姿を明確に見分けるほど見つめられるかっていうと難しいしね……アドルフさんと年齢が近いなら、彼女だって幼かったはずだし。

「……エミリアが攫われかけて俺は獣化した。そして彼女に傷を負わせたのは事実だ。力の扱い方がわからなかったからな」

「それは……仕方がなかったのでは」

「まあ、結果としてそうなった。人攫いは撃退できたし、怪我といっても軽いものだったらしい。ただ、エミリアは俺が獣化した姿を見て、彼女の家族を傷つけた獣人と似ていると言い、その発言を繰り返すうちに俺の父親が暴走した話と自分の話が重なって……いつしか、彼女の中では俺の父親がやったことになったようだ」

記憶の混濁、というやつなのだろうか？

そうだと自分で思い込むうちに、彼女の中ではそれが真実になってしまったのかもしれない。

アドルフさんのお父さんが暴走した結果だったのかもしれないし、そうではないのかもしれない。

あの混乱期にそれを明確に示す証拠は、どこにもない。

ただあの時、それによって失われた命も、救われた命もあった。それだけだ。

「違うと否定し続ければ良かったんだろうな、俺は」

なんとも言えない表情で、アドルフさんがぽつりとそう零した。

やっぱりエミリアさんに対して、淡い恋心があったんだろうか？

「それであいつが楽になるなら、俺が悪者になればいいと思っていたんだ。……言っておくが好意とかじゃない。親切にしてもらったことに対する恩みたいなものと、それから面倒だったからだ」

好意については強く否定されてしまった。

でも、エミリアさんは違うんじゃないかなと私は思う。

（アドルフさんに執着していたあれは、恋愛感情だったんじゃないかな）

かなり歪んでいるけど、あそこまですごく思い詰めるほどだったエミリアさんの感情。

悪態を吐きながら、憎まれ続けろと呪いの言葉を叫びながら、彼女は泣きそうな顔をしていた。

（じゃなきゃ『あたしを捨てるのか』って発言にはならないし、私に対して敵愾心たっぷりの目を向けてこないと思うんだよね）

彼女は自分の恋情を憎しみにすり替えていたみたいだけど、そうすればアドルフさんが良心の呵責から決して自分の傍を離れないと……そう信じていたんじゃないかな。

アドルフさんがここまで否定するってことは、彼女に脈はなかったからね。

でもそんな、エミリアさんが手に入れられないアドルフさんが、聖女《わたし》の鶴の一声であれよあれよと結婚してしまい、本当に自分のものじゃなくなってしまった。

ダンさんとの間に愛情があったのかどうかはわからないけれど、あの様子だとアドルフさんに対しての当てつけもそこそこ含まれていたんだと思う。

でもそれについて、私がどうのこうの言うのはお門違いってもんだろう。

彼女だって知られたくないかもしれないしね。

敵に塩を送るほど、私も親切ではないし。

「……疑うか？」

「え？」

「エミリアとの仲を」

そう問われて私は目を丸くする。

アドルフさんの視線が、とても心配そうに揺れている気がした。

(ああ！　私がすぐに返事をしなかったからか!!)

思わずエミリアさんの恋情について思考を巡らせていたせいで推しを不安にさせてしまうとは！

なんということだろう!!

私は大慌てで手を振って否定する。

「いえ！　アドルフさんの言葉を疑ったりしません！　ただ、ほら、エミリアさんはどうなっちゃうんだろうって……ダンさん？　ですよね？　が付き添っているから大丈夫とは思いますが、罪に問われるのかなって」

「……そうか」

ホッとした様子の推し、可愛い。

成人男性なのにこの可愛さ。マジで推せるわあ……どこまでも推せるわあ!!

「きっと彼女も『大切な妻』って私を紹介されて、幼馴染を取られてしまった気持ちが暴走しちゃったんでしょう。私としては罪に問う気はありませんし、実害は……まあ、アドルフさんの名誉に関わるので、できれば彼女には神殿で精神的な助言を神官たちにもらった方がいいのではないかなと思いますけど……」

まあ要するにカウンセリングのようなものだ。これは戦時中から教会でやっている取り組みの一つで、終戦した今これから大々的に行っていくんだと思う。

この戦争被害でやはりみんな大なり小なり心の傷が多く、乗り越えられる人もいればそうでない人もいる。エミリアさんも、その一人だろう。

私はアドルフさんを推す一人の女ではあるのだが、同時に聖女でもある。

だからそういう意味では被害者でもある彼女が立ち直って、夫であるダンさんと手を取り合って幸せを摑んでくれたらいいなという気持ちもあるのだ。

なんてったって、彼女もやはりアドルフさんの幼馴染には違いないからね!

（彼女たちが不幸になればなったで気にしないと言いつつもアドルフさんのことだから、やっぱり気分が落ち込んじゃうだろうし……）

だがアドルフさんを傷つける行動をやめないっていうならよろしい全面戦争だ。

聖女だけどそういう気持ちは忘れずに持ってますからね!!

「……お前は優しいな」

「そうですか？」

「ああ、自慢の妻だ」

満面の笑みで私を褒め称えるアドルフさん。

ぐっふ……推しの、推しの優しさと尊さが天元突破して今日も過剰供給をしてくるぅぅぅ……!!


その後は何事もなく、私たちは帰宅することができた。

まあ、あんなことがあったせいかいつもより時間もかかったし、なんだったら帰り道で心配したご近所さんが声をかけてくれたり、馴染の露店のおばちゃんが『元気をお出し』とか言って野菜や果物をくれるものだから、それで更に時間を食ったんだけどね。

みんなからアレコレもらうもんだから荷物がすごいことになったよ！

全部アドルフさんが持ってくれたんですけど!!

「なんだか買い物しないで済んじゃいましたねえ」

「……あそこの市場の連中は、みんなイリステラのことを好いているからな」

「え？　そうです？」

あんまり自覚ないけど。

思い返してみればこの家に住み始めてアドルフさんのために栄養満点の食事とデザートを作るため、足繁く市場に通っていたからな……そのおかげかもしれない。

ほら、だってねえ？　戦時中で物が少ない中でも切り盛りしているおばちゃんたちの知恵を拝借したりするのって若妻の特権じゃないですかー!!

おかげでおばちゃんたちは私がアドルフさんのことをどれほど好きでいるのか知っている。

おそらく食傷気味っていうか、また惚気《のろけ》てやがるくらいの気持ちだったと思う。

溢れるほどの愛をおばちゃんたちに語ったからね……主に私からの一方通行なこの愛を。

それでも『若いっていいわねー』って話を聞いてくれるおばちゃんたち、しゅき……。

あと、アドルフさんが実はとんでもないお気遣い紳士で内面も優しくて素晴らしいんだよって布教しまくったのもあると思うんだよね!!

残念ながら布教活動はそこまで実を結んでいないけど。

でも結婚当初、周囲から『あんな無愛想な人と結婚だなんて……可哀想に！』って言われたのを跳ね返したんだからそれはそれでこれからでしょ、これから!!

（って、残すところあと二ヶ月……なんだよね）

これから、なんて思うと少し胸が痛む。

でも私はアドルフさんにとって決して悪い妻じゃあなかったはずだ。

だから彼に特別な人ができるまで、まだもう少し、あと少しだけ傍にいたい。

少なくとも『大切な妻』と公言してくれる程度には、私は信頼もされているのだろう。

女として見られなくてもいいから、妻としてまだ彼の隣にいたいと望むのは、だめなこと？

（でもそんなこと言ってたら……きりがなくなりそう）

アドルフさんは私と結婚している限り、他の女性に気持ちを移ろわせることはないだろう。

とても真面目で、誠実な人だから……きっと。

心の中で〝いいな〟と思った相手ができたとしても、決してそれを表に出すことなく……その恋心を殺してしまうに違いない。

それは私が望む、アドルフさんの幸せじゃない。

私がアドルフさんの幸せの障害になってはいけないのだ。

（でも、だったら……私の恋心を殺すべきなのかな？）

それも何かが違う気がする。

私はこれまで努力してきた。勝ち取ってきた。

戦争は終わりを迎え、アドルフさんはこれから彼の人生の中で幸せを摑んでいく。

その姿をできれば一番近くで、たとえ……離婚したとしても彼の近くで見守りたいと願うくらいに彼のことが好きなのだ。

（普通に考えたら重たい女だな）
でも、ここまで努力したのだ。ただただアドルフさんの幸せを願って。
アドルフさんは、どんな形でもこれから幸せを勝ち取っていけるはずだ。
フラグはブチ折ったわけですし。
なら、私にもご褒美が少しくらいあってもいいんじゃないか。
（推しの傍にいられるなら、推しを幸せにできるならそれでいいと思ってたけど）
思っていた以上に、私は――……私は、強欲だったのかもしれない。
そんなことをボンヤリ思いながら、キッチンで荷物を片付けるアドルフさんを見る。
彼はどうやらお茶を淹れているようだ。
「アドルフさん」
「どうした」
声をかければ、穏やかな声が返ってくる。
その柔らかさに私は思わず涙が出そうになった。
初めの頃は、ただ彼が近くにいて無事であってくれればそれで満足できたのに。
「これからの話をしませんか」
　これからの話。
そう言った私に、アドルフさんの手が止まる。

だけどすぐに気を取り直したようで、アドルフさんは二つのカップを持って私のところに戻ってきた。でも何故か座らず、立ったままだ。

「……？」

「ここじゃなくて、上に行こう」

「上、ですか？」

「ああ」

示されたのが寝室のことかと理解する。

あの部屋にある並びで座れるソファ、あそこはアドルフさんのお気に入りだ。

口には出さないけど私にはお見通しだぜ！

アドルフさんはそこに座ってお茶を飲みながら、他愛ない話をするのが好きなのだ。

ちょっとーもぉー、可愛くない？　私の推し可愛いがすぎない？

結婚して半年以上経ってから知る、好きな人の新たな一面！

これに気がついた時は小躍りするかと思ったよね。ときめきが止まらなかったもんですよ！

「わかりました、それじゃあ二階で話をしましょうか！」

できるだけ朗らかに、いつものように笑ってみせる。

きっと上手く笑えているはずだ。

私はアドルフさんの顔を見たいけど見るのが怖くて、先に階段を上った。

若干足取りがふわふわしているので、もしかしなくても今日のあれこれで私も疲れているのかもしれない。

（これなら、上手く笑えなくても……気にしないでもらえるかもしれない）

でも気づかないでほしいと願いつつ、気づいてほしいとも思うのだからやっぱり私はわがままだ。

（回復したと言いつつこの調子だと、リハビリが上手くいっているのか心配だなあ）

焦ったって仕方がないと医者も言っていたし、王城に常勤の神官たちも言っていた。

死にかけていたのがこうして歩き回れるのだから、少しずつ回復はしている。

（……もしかして私を気遣って……離婚についてとか、何も言えないのかな）

そうだよね、基本的に今回のケースで考えたら私に対して離婚って言い出しづらい話だと思うんだよね、アドルフさんの立場だと。

愛してはいない、だけど信頼はある。

それを前提条件として考えると、戦争を終えるための活動をしていて、聖女で、自己犠牲の精神で行動もして、リハビリが必要で王族の覚えも（一応）めでたい妻っていう立場だもんね、私!!

こうして並べてみると……とんでもなくめんどくさい立ち位置だな!?

ソファに並んで座りながら、アドルフさんの淹れてくれたお茶を飲む。

うん、すごく美味しい。

この幸せが、長く続けば良いのに。

「それで、どうした？　何か大切な話があるんだろう」

「……私たち結婚して、あと二ヶ月で一年経つじゃないですか」

「ああ」

「結婚当初の約束を、覚えていますか」

声は、震えなかっただろうか。

できるだけ平静に、世間話をする延長みたいに……この結婚をどうしたいのか、それを聞きたいなって。

できたら……私は、まだ、彼の傍にいたい。

その言葉を口にするのが許されるのか、わからないけど。

「アドルフさんは、私のことを愛せないと宣言しましたよね。そして、私はそれでもいいと言いました。……一年後に離縁しても構わないって」

「……ああ」

「あと、二ヶ月です」

もし離婚しようって提案されたら、私がこの家を出ていこうと決めていた。

最初の頃は、そうするんだって、それが正しいことだって……そう思っていたから。

家があれば新しい恋人も、お嫁さんも、助かるでしょう？

ただそのためには、いろいろと家を出るための準備も必要だってことは今になって悩みの種だ。

当初の予定としては神殿に戻してもらってそこで働きながらアドルフさんの幸せを見守ろうと思っていたんだけど……正直、聖女としての魔力はあの鉱石採取のせいでスッカスカなのだ。元から貧弱だった魔力回路が狂ったのか？　とにかくスッカスカだ。

少しずつそっちも回復傾向にあるって話ではあるし、技術でカバーできそうだとは思うので、聖女としては難しくても一般神官くらいにはなれるんじゃないかな。

（聖女を引退かあ……そうなると、第五部隊を辞めることも考えるべきかなあ……）

いかんいかん、返事を聞く前からもう離婚に気持ちが傾いているではないか！

私は自分の気持ちを一方的に押し付けたりするんじゃなくて、話し合いがしたいからこうして自分から話題を振っておいて……弱気になりすぎだぞイリステラ！

ほらあ、アドルフさんも眉間に皺寄せちゃってるじゃんかあ……。呆れちゃったかな。

「イリステラ」

「はい？」

「体調は大分良くなったんだったな」

「？　はい」

あれ、私は離婚の話をしているのになあとちょっと首を傾げる。

それとも私のリハビリが長引くかどうかで判断しようとしているのかもしれない。

アドルフさんはカップの中のお茶を一気に飲み干して、テーブルに置いた。

そして私の手からカップを取って、置く。

一連の動作は流れるようなもので、私は突然のことについていけない。

「え？　アドルフさん？」

「なら、いいな」

「何がで――」

当たり前のように後頭部が摑まれて、眼前にアドルフさんのご尊顔が広がった。

その目はまるで敵を前にした時みたいに鋭くて、私はハッと息を吞んだ。

「悪いな、待てはできても逃がしてはやれないんだ」

「あどるふ、さん……？」

ふっと目元を和らげて笑ったアドルフさんに、思わず見惚れた。

でもその次の瞬間、アドルフさんの口が開くのが見えて咄嗟に思った。

あ、喰われる――と。

嚙み付くようなキス、というのを小説の表現で見たことがあった。

なんならマンガや映画でも似たような表現のシーンを見たことだってあったと思う。

前世について詳しく覚えているわけじゃないけど、それでも私は恋愛事に奥手だった。

アドルフさんに結婚を迫ったのは必要だったからで、決して自ら踏み込むなんてできるわけもなくて、だからまあ何が言いたいかっていうと。

要するに私は、自分で言うのも何だが、つまり……まあ、恋愛初心者ってこと！

（死ぬかと　思った）

はふ、と漏れた自分の吐息がいやに熱く感じる。

息が上手くできなくて。

はっきり言って前世の分も含めて知識はあるけどこんな〝息すら喰われる〟ようなキスなんて知りませんて。

これをキスと呼んでいいのか⁉　そのくらい〝喰われた〟って感じだ。

いや、でも唇を合わせることがキスなら、これは確かにキスだ。

でもこれまで清いオツキアイ（？）をしてきた新婚夫婦（？）にしてはちょっとハードルが高すぎるほどのキスだったのでは⁉

（えっ？　ていうか今、私ってばアドルフさんとキスしたの⁉）

呆然として何も考えられずにいる私の唇を、アドルフさんが指で拭う。

その感触に〝キスをした〟というのが幻とか妄想じゃないって言われているみたいで頭がカッとなる。やだー、頭が追いつかなあい‼

「……可愛いな」

まださっきのキスの余韻なのか、それとも酸欠なのか、とにかくクラクラして涙目になっている私にアドルフさんがそう言って、また頬に口づけてくる。

あ、あまーい！

誰だお前私の最推しアドルフさんだな‼

「どうだ、体調に変化はあるか？」

「……え……？」

ぼうっとする頭の中では『アドルフさんかっこいい』しか出てこない残念っぷりではあるが、ジッと見つめられて私はようやく言われた内容を理解する。

何故か顔中にキスをするアドルフさんにまたドキドキさせられつつ、私は考える。

そして彼が『聖女はパートナーと交わる』ことで聖女の力を回復することを実践してみたのではないか？　という結論に達した。

私もこの〝交わる〟という点についてはそれこそ体液の交換的な何かでもいけるんじゃないのか？　って常々疑問に思っていたので……。

そもそも〝心を交わした〟ってところは信頼関係なのか恋情なのか難しいところではあるけど。

まあそれはあくまで後付けだって話だけど、なんか実際に心を交わした相手とだと回復量が段違いだったという記述もあってだね……。

そっと目を閉じて、自分の中にある魔力を注意深く観察してみる。

（確かに……なんとなく？　言われてみれば？　程度には）

魔力が回復しているような、いないような。

元が残念な量だけに回復量も微妙なのか？　それとも信頼関係の問題なのか？

あるいは、やっぱりただキスするだけだとどうしようもないのか……。

どこまでも残念すぎるな、この世界に転生した時にチート能力はどこかに家出してしまって戻ってくる気はないらしい。

くっそう。ここは奇跡を起こす場面じゃないのか！

「ええと……魔力は、残念ながら回復してないみたいで……」

「違う」

「違うんですか」

私の報告に即座に否定が返される。

違った。むしろアドルフさんの眉間に皺が寄った。

「……俺に触れられて、気分が悪くなってないかと聞いている」

「それは平気です」

この会話時間のおかげか、それとも酸素のおかげなのか……どっちかはわかんないけど、かなり思考もしゃっきりしてきましたよ！

つってもこの状況についてはさっぱり理解できていないけど。

（……よし、まずは冷静になろう？　イリステラ）

聖女の回復方法としてあげられている、心を交わした……という言い方をしているけど実際にはヤれりゃなんでもいい的な事実はアドルフさんには伏せておくとして、とりあえず彼がそれを試そうと段階を踏んでいるわけじゃないのは、今の言葉で理解した。

ちなみに特定の異性、という言い方に途中から聖女たちの間で記されるようになったのはそうじゃなきゃ聖女の心が壊れるからである。

どこの世界にもゲスがいるからね、守る側も多少の嘘くらいはついたって仕方ないと思ってくれ。

まあそれはともかくとして、次にアドルフさんの性格。

真面目オブ真面目だから全部自分の責任として背負いがちなところがあるけど、回復目的じゃなくキスをしてきたということになると、だ。

(もしや、これは……)

自惚れでなければ。

私は、アドルフさんに、女として見てもらえていた……ってこと、か？

「あの」

「なんだ」

「……今の、は……。その……えっと」

キスと改めて言うのはなんだかやけに照れくさくて、私は視線をあちこちに向ける。

アドルフさんは黙ったままだ。

でも私たちの間にある空気は、普段のよりもずっと、甘い気がする。

いやこれ私が冷静になれていないだけか？

「その、回復目的、じゃない……ってこと、ですよね？」

「そうだ。……まあ、お前が回復してくれたらそれはそれでありがたいが」

幾分かホッとしたような声で答えるアドルフさんに、ふと先ほど『待てはできるんだ』と言っていたことを思い出す。

そもそもアドルフさんは古語で狼を表す名を冠しているのだから、犬じゃないのにと思わずこの状況にそぐわないことを考えたのは、頭が現実逃避しているのだろうか？

期待しすぎちゃダメだという自分の声がそんな風にしているのかもしれない。

「なにせ」

「は、はわ」

「お前は俺に対して遠慮がすぎるから、な」

顔が近いですアドルフさん！

ご尊顔がどアップだと目が潰れてしまいますぅ!!

……なんて出会った頃の私ならそう言っていたと思うが、さすがに恋心を自覚した今では別の意味で直視ができない。

「俺の気持ちが無事に伝わったようで何よりだ。態度では示したが、そうだな。言葉にもしなければいけない」

「アドルフさん……？」

「眠っていたお前に伝えて伝えた気になっていたと言ったら、笑うか？　……愛している、イリステラ。すまないが、離婚の話はなかったことにしてくれ。それと、今からお前を抱いて名実共に夫婦にならせてもらう」

「ひぇ」

突然のその宣言に私はどうしていいかわからない。

なんだこの超展開⁉

どうやら女として見られているらしい……ということに考え至って浮かれた瞬間にベッドイン宣言されても私はついていけないんですけど⁉

思わず抱き上げられてベッドに押し倒された私がアドルフさんを睨むと、彼は苦笑して宥めるみたいにキスをしてくれた。

「……性急で悪いが、これでもお前が回復するまで待ったんだ。それに、急がないといけない理由もあってだな……まあ、それは後で話す」

「え、ちょ」

それ大事なことですよね⁉　きっと‼

だけどアドルフさんはなんだか楽しげに、そう、まるで子供がプレゼントを前にした時みたいな笑みを浮かべて、私の服に手をかけるではないか。

えっ、そんな表情もできるんですね？　悪い顔してるのにセクシーで素敵！

若干ラッピングを剝がす子供みたいなんて言ったら、怒られそうだから言わないけど！

ってこの場合ラッピングされてるの私か！

しかし今更この状況で抜け出すのは無理だし、別に嫌ってわけではないし、推しの相手が私でいいのか？　っていう葛藤はあるものの……推しが求めてくれるなら応えたい。

そしてなにより私も、この人を抱きしめたい。

とはいえ、こういう時ってどうしたらいいんだ？

私はのしかかってくるアドルフさんを見上げて、思いついたことを口にした。

「……は、初めての上に病み上がりなので、あの、どうかお手柔らかに……」

「善処する」

やや食い気味にそう返事があって、もう次の言葉は口にできなかった。

唇ごと食べられちゃうんじゃないかってキスに、吐息まで吞み込まれたからだ。

だから私は……覚悟を決めるほかなかった。

なんのって？

気を失うかもしれないって覚悟だよ！　いろんな意味でな!!

その後、アドルフさんが焦って（？）行動に出た理由を教えてもらった。

幸いというかなんというか、私が気絶するようなことはなかった。

まあちょっとベッドから起き上がろうっていう気にはなれないけどね……。

とはいえ万が一気絶なんてしちゃってたら絶対アドルフさん責任感じちゃうからね！　それがなかっただけ私はよく頑張った!!

で、だ。

話を戻すと、私たちが白い結婚であることは私が倒れた日にバレてしまったわけなんだけど、そこで何故か陛下が『離婚するならイリステラを後宮に迎えてもいい』とか言い出したらしいのだ。

なんじゃそれって目を丸くしてしまったよクルッポー。

「え？　それってアニータ様の侍女としてってことですかね」

「いや、側室としてだそうだ」

「はあ？　顔を合わせれば嫌味の連発で人のことを最弱の聖女と罵り、なんだったらチビだとかガリだとか言いたい放題だったあの人がですか？」

「……。ああ」

なんかアドルフさんが言いたそうな顔をしていたけど、とりあえずそこは一旦スルーらしい。

なんでも、私に対して本当は罪悪感がすごくあったんだってさ。

でもそれを表に出してしまうと計画に支障が出るし、そうなれば多くの協力者に申し訳がないし、なによりも国民が辛い思いをしていると心を鬼にしていたんだとか。

ただのドSかと思ってたわ。ごめん。

まあこの計画の中で、私が最弱だからこそ要になったことは否めない。

周囲だってそれだからこそ私が第五部隊所属になっても惜しむことなどなかったのだ。

聖女といっても下位ぎりぎりだからこそ、国民の目を向けるためにも第五部隊に与えるくらいでちょうどいい……そう思ってもらえたのは事実だ。

そして、それを利用するにあたって陛下はずっと私のことを『最弱』と呼び続けることで、私に対して注意喚起を行っていたのだろう。

好いた相手と結婚できたからといって油断するなってね。

聖女として持ち上げられても勘違いするな、常に慎重でいろと大変わかりづらい心配をし続けてくれていたってわけ……いや本当に伝わらないって、それ。

陛下は私がものすごくアドルフさんのことを好きで好きでたまらないって知っていたので、離縁なんてことになったらとんでもない傷心状態になると考えているようだ。

それならアニータ様もいることだし私を後宮に迎え入れて、少なくとも生活面では不自由ないようにアフターフォローをしてやろうというお考えだそうで。

ついでに名誉も与えられるし、報奨代わりにもなるしってね。

（まあ、当代最高の聖女を王妃にした上、知る人ぞ知る救国の聖女（笑）を側室に迎えたら教会に対しても確かに良い印象を与えそうではある）

ついでに聖女たちの苦労話をでっちあげ……まではいかなくても噂話で流せば、民衆もさぞかし喜ぶことだろう。

おそらく、そういった打算も多く含まれていると私は睨んでいる。うん。

で、アドルフさんはそれを私が眠っている間に提案されていたらしく、それが嫌ならさっさと関係をなんとかしろと迫られたんだとか。

「……陛下はやると言ったらやるからな」

げっそりとした顔でそう言うアドルフさんの様子を見るに、私が眠っている間にいろいろ大変なことがあったのかもしれない。

「だが俺はイリステラが目を覚ましたからといってすぐに関係をどうこうしようとは思わなかった。お前の体調のこともあったし、なにより気持ちを確認したかった。……お前はずっと俺を大切にしてくれていたが、どこかで一線を引いていただろう？　俺が言うのもなんだが」

「あ、あー……それは」

前世のゲームで推しだったからとは言えない。さすがに言えない。

私としては目を泳がせるしかないけど、アドルフさんも追及してくるつもりはないようだ。

「まあ、それ以前に俺もこの関係を終わらせたくないと思い始めていた。イリステラが俺を拒まないでくれるなら……このまま夫婦でありたいと」

「ええっ!?」

「元々、あの鉱山での任務さえ達成すれば戦争の終わりが見えると陛下から聞いていた。だからお前に今後のことを提案する良い機会だと思っていたんだ。それがまさかあんなことになるとは」

「えええ……」

あの人そんなことアドルフさんに言ってたんだ!? 関係者以外秘密にするんじゃなかったの!?

それは私が知らない事実ですね！　とっちめてやりてえ!!

つまりアドルフさんも結構前から私のこと『いいな』って思ってくれていたわけだ。

戦争もあって獣化して最前線で戦う立場としてはやっぱり終わりが見えているなら、落ち着いてから……という気持ちが強かったんだと思う。

「俺はこの通り傷だらけで無愛想だ。女子供に怖がられることも多々ある。だから恩と感謝で俺を選んでくれたイリステラがその気持ちのままなら……と考えて手が出せなかった」

「アドルフさん……!!」

「お前の幸せを願うなら、綺麗な形で別れるのが最善だと思ったからこそ『愛せない』と告げた」

そんな、私はいつでもウェルカムでしたよ！

むしろ私がまな板の傷物（語弊）でごめんなさいって気持ちで居たたまれず、どうしたらアドルフさんに女として見てもらえるのか悶々としていたというのに!!

おおう……これが、すれ違いってやつ……？　なんか違うな……？

「まあイリステラが受け入れてくれたし安心だ。これで文句も言われないだろう。……自分が発破をかけたおかげだという顔をされるかと思うと腹が立つが」

「あ、それはわかります」

ゲオルグ様の言動ってなんかいちいち腹立つんだよね……根はいい人なんだけど。

あの人を支えていくアニータ様は苦労するだろうなあ！

「さて、それじゃあ休憩もできたな？」

「は？　いや、待ってください？」

「悪いんだが、狼系の獣人はたった一人の相手を溺愛する性質らしくてな？　自覚してから今日までずっとこの日を待っていたんだ」

私の肩に残る傷痕をなぞりながら、アドルフさんが笑った。

その笑みが捕食者のそれで、私は顔が引きつるのを感じる。

何をなんて今更聞くほど野暮じゃないけど、押し倒されて別の意味でドキドキなんですが。

明日の私が活動できるかどうかの瀬戸際じゃない？　これ!!

「じゅ、獣人の性質って現代ではあまり獣化以外残っていないって研究結果が」

「獣化を繰り返した人間はその本質が先祖返りしていくという研究結果も出ている」

「ぐっ……そ、それご存じでしたか！」

「ああ、獣神部隊はみんな知ってる」

アドルフさんったらしれっと『獣の本質がどう自分たちに影響するか知っておくべきだからな』

とか言っちゃって……研究結果とかまで目を通しているとか知的ィ。

やばい、そんなところも推せる。

「ち、ちなみに狼ってどんな性質なんです？」

「うん？」

「今さっき〝一人を溺愛する〟って言ってましたけど、具体的にはどうなのかなって」

別に深い意味はない。

ちょっとでも会話で時間を引き延ばそうと思っただけだ。

でも私が見上げた先で、アドルフさんがその綺麗な緑の目を細めて笑ったのを見て、私はなんとなく失敗したんじゃないかって思った。

「……一生かけて教えてやるから安心しろ」

そして、アドルフさんのその囁きに私は『後悔って先にできないんだよなあ』と思うのだった。

でも推しが嬉しそうだから、それでいいんだよ！

☆

さて、ちゃんとした（？）夫婦になってから、私はアドルフさんの溺愛を日々体感していた。

いやあ、スキンシップ多めっていうか毎日お元気ですね!?

私はおかげさまでリハビリもままなりませんが!?

好きな人に好きだと惜しみなく言ってもらえるのは大変ありがたいですが、朝起きられないのだけはなんとかしてください。

ついでに第五部隊の宿舎に行くのにも足腰が立たなくてどうしようもないからって毎回私を姫抱きにして家を出るのももう……いやそれは諦めた。実際歩けないんだからしょうがない。

もはや途中で通過する市場の名物になりつつある。

まあそれも午後になれば動けるからいいんだけども……恥ずかしさって日々繰り返していると慣れるもんなんだね……。

「あの、アドルフさん」

「うん？」

「……お仕事終わったんですか」

「ああ」

どうやら狼の特性？　というのはこう……たった一人の相手と認めると、その相手に対して愛情表現過多になるというか、とにかくこう甘くて一途で尽くしたがるっていうか。

甘いっていうか、それを超えて砂糖漬けっていうかね。もう溺れちゃいそう。

だってね、あのクールなアドルフさんが隙あらば一緒にいたいオーラを出すとか……もう推しが可愛すぎてたまんない。……あ、勿論かっこいいのは変わらないよ？

世界一のイケメンだと変わらず思っているからね？

ただ人前ではなるべくほっぺだろうと額だろうとキスはやめてほしいし、男の人相手に全部やきもち焼くのもちょっと……嬉しいけど、生活面でいつか支障をきたしそうですので。

お野菜を納品に来たおじちゃんにまでやきもち焼かれたら困るでしょう!?

まあおじちゃんたちは『微笑ましいねえ〜』なんて笑ってくれたからいいんだけど!!

「……治安も大分良くなってきたな」

「そうですねえ」

「……落ち着いて結婚記念日を過ごせる」

「揃って休日を取れるだなんて、贅沢ですよねえ」

そうなのだ。

もうあと一週間もすれば私たちは結婚一年目を迎えるのだ。

（……いろいろあったなあ）

当初の目的からは、随分と着地点が変わった気がするけどまあ結果オーライ。

アドルフさんの憂いを払って、彼が幸せになることを前提に戦争を終わらせた。

結婚したのは、彼がエミリアさんと結婚して不幸になるのを防ぐためで……当初は、離婚した後に平和になった世界でアドルフさんが本当に好きな人と結ばれて、なんなら彼の結婚式を遠目に見守ろうまで考えていたんだよね。

（そしていつか、聖女のお役御免をしてもらって地方に引っ越して、穏やかな余生を……とか考えていたのになあ）

そうそう、地方というか私の出身であるカルデラ教会にでも身を寄せるってのも方法の一つではあったな。

元聖女って箔があればどこの教会でも重宝してもらえるかなって！

気がついたら箱推し部隊にずっといたいって気持ちになってたんだよね。

いつの間にか、目標や目的が少しずつ変わっていってた。

大切な人たちの幸せを願う、それだけはブレなかったけど。

（それが、今や……私がアドルフさんの奥さんでいてもいいだなんてね）

好きだと思っていたし、尊敬もしていた。

勿論、恋に落ちる可能性もあったけど、そもそもがフラれる前提でいた。

実際に恋をしてみたら諦められなくなって、気がついたらまさかの溺愛フルコースが待っているなんて思いもしなかったよね。

（アドルフさんが幸せになってくれたら、それで良かったはずなのに）

私を後ろから抱きしめているアドルフさんを、見上げた。

それに気づいて、アドルフさんは目を細めて笑ってくれる。

うん、愛されているなあ。

（これまで笑顔のアドルフさんが結婚式でみんなに祝福される日を脳内スチル化して、それを糧に努力してきたけど）

私とアドルフさんの結婚は、戦時中ということもあって書類一枚ぺろっと提出して終わりの味気ないモノだったから。

平和になった今なら、きっとそれなりの式が挙げられただろうなと思うのだ。

まあ私が変わらず妻なんだから結婚式をやり直すわけじゃないんだけど……ちょっとだけ、アドルフさんが結婚式を挙げる姿を見てみたかったなあとそれが心残りである。

とりあえず、実際に見ることができないなら妄想で補完するしかないよね！

（白いタキシード、いやこの場合は軍服のままかな？）

それじゃあ普段とあまり変わらないな？　十分素敵だけど。

相手は……勿論私なので、ドレス姿よりも馴染の聖女服が浮かんでしまった。

聖女服は白っぽい衣装だから、ある意味では婚礼衣装みたいな雰囲気あるし仕方ない……か？

（なんだろう、なんか切ないな……せめて妄想くらい仕事着から離れていいのに）

「……アドルフさんに聞いてみたいことがあって」

「どうした？」

「何だ」

抱きしめてくるこの腕が、私から離れていくとはもうこれっぽっちも思っていない。

そりゃあんだけ毎日愛を伝えてもらっていれば当然といえば当然なのだけれど。

今や私とアドルフさんの関係は、第五部隊の面々からは呆れを通り越して微笑ましいまでいっているバカップルだと思うもの。

あ、ちゃんと仕事はしているからね!?

「アドルフさんは、幸せですか？」

私の問いに、アドルフさんは目を丸くする。

緑の瞳は以前に比べると昏さが減った気がする。

それでも、一人で慰霊碑に花を捧げている時、傷ついた顔をしていることを知っている。

平和になっても軍人崩れが暴れて民間人から苦情を言われて、後で疲れた顔をしていることも。

近所の子供たちに、ちょっとだけ〝怖い人〟認定されていたことに落ち込んでいたことも。

エミリアさんのように、どうして自分の身内を救ってくれなかったのかと怒りをぶつけてくる人たちにただ頭を下げるしかないことも。

どうしようもないことだって知っている。辛いことは、なくならない。

だけど、彼の口から聞いておきたいなと思ったのだ。

だってそれは、私の目標だったから。

それでも。以前よりも少しでも、彼がそうだと感じてくれていたらいいなって。

「……幸せだ。イリステラ、お前がいてくれるから」

その言葉に私はそっと目を閉じる。

心が満たされて、なんだか泣いてしまいそう。

とろりとまるで蜂蜜みたいな甘さを含んだその声で、口づけを落としてくるこの人が『幸せだ』と言ってくれるなら。

（そうだ、アドルフさんが幸せなら……それでいい）

着地点はそりゃ違ったものになったけど。

推しが幸せなら、まあなんだかんだ大成功でしょ！

幕間　幸せと幸せ

イリステラと本当の関係を築いていこう。

そう心に決めて、彼女が目覚めてからはできる限り寄り添うと決めた。

だが自分の気持ちを伝えることは後回しにすることにした。

それは彼女がまず、日常生活を取り戻すことが先だと思ったからだ。

毒に冒されたせいでイリステラの内臓機能はすっかり弱ってしまった。その回復のために眠り続けていた弊害は大きく、筋力・体力共に低下した彼女は日常生活を送ることさえ困難だろうと聖女長様や王妃様から言われていたことが大きい。

戦争は終わった。未来が、俺たちの前にある。

ならば答えを急かすよりも先に、イリステラには平和を実感してもらいたかったから。

何より、目覚めてからは俺が彼女のためにあれやこれやしてやりたかった。

答えを求めて、彼女を困らせることはそこに必要なかったからだ。

(健康になるまでの自由だ)

逃がす気はない。ただ、選んでもらいたいとは思う。

言葉にして迫れば、イリステラはすぐに応じてくれたと思う。

笑顔できっと俺が喜ぶ答えをくれたと、確信めいたものがある。

だがそれは……彼女自身の意思というよりも『俺が望んでいるから』というものであるということも知っている。

彼女が望んで俺の手を取ってくれるように、今度は俺が尽くすべきなのだ。

だから何も語らなかった。

それに、医師には当面精神面でも肉体面でも、まだまだ負担をかけてはならないと言われていたし……そういう意味でも、想いを通じ合わせるには俺の方が辛い部分もあった。

（……細い、からな）

イリステラの内臓が受けたダメージは、見た目ではわからないが相当重いものだったという。

あれだけ眠り続けていたのだから当然だと思うが、元々小柄なだけに心配になる。

抱き上げると酷く軽く、俺のような男が触れれば傷をつけてしまうのではないかとそればかりが気になって仕方がない。

眠りから目覚めてからは食も細く、本人も歯痒い様子だ。

聖女長様が使ったという秘術はとても不思議で、仮死状態だった彼女は飲まず食わずでもほんの少し痩せただけだ。流れている時間が異なるというような説明をされたが、よくわからなかった。

元々痩せ型だっただけに余計痩せたその姿は俺からしたら心配でならない。

そのせいか、彼女が歩きたい、家事をしたいと言ってくると大丈夫だろうかとついつい周りをうろついてしまうんだが……幸い、今のところ大事ないようだ。

それを見ていたマヌエラとカレンには鬱陶しいと言われたが、仕方のないことだと思う。

その後、エミリアに絡まれるという厄介なこともあったが……まあ、イリステラが誤解しないでくれて良かった。

あと少しで結婚して一年、碌に関係を深められないまま来てしまったことが悔やまれる。

それまでの間に、彼女の体調を見て夫婦の関係を進めたいと思っていた。

そろそろいいかと思っていたらこれだ。

まったく……焦っても良くないと思って泰然と構えれば油断も隙もない。

触れてしまえばあとはもう、止まれるはずもなかった。

むしろよく触れずにいられたと思わずにいられない。

思っていた以上に細く、だけれどか弱いだけではないイリステラ。

俺の腕の中にすっぽりと収まるくせに、決して俺の腕の中で囲われ続けてはくれない。

だから俺は、きっと……延々彼女を追いかけ回すのだろう。

それを悔しくも思うし、そして楽しくも思う。

「イリステラ」

「なんですか？」

「……その荷物は俺が持つ」

「ええ？　このくらい大丈夫ですよ！」

「いいから」

結婚して一年経ったら離婚を……なんてイリステラは当初、考えていたのだろう。だがそれは覆された。俺たちは、今も共にいる。

これからの未来は正直、俺も彼女も描いていなかったものだ。

いつかは家族を得るかもしれないし、そうではないかもしれない。

（俺の家族）

獣化して暴走した父さんは、あくまで俺や母さんを守ろうとして獣化をしたのだ。

あの戦時下で、敵から、暴徒から、家族を守るために。

暴走してしまったがゆえに討たれることになったとしても、あそこには父親として俺が憧れた背中があった。

俺はそう、信じている。信じたい。

これまでは目を閉じ耳を塞いでなかったことにしていた父さんの思い出を、いつか……まだ見ぬ我が子に語れるように。

「そういえば、エミリアさんってどうなったんでしょう」

「……ダンから一度だけ手紙が来た。二人で国外に行ってやり直すそうだ」

「えっ、いつの間に」

「宿舎の方にな。……この国にいても、彼女にはいい思い出がないからだと」

「……そうですか」

エミリアが俺にどんな感情を抱いていたのか、まるで気にしていなかった俺にもきっと責任はあるのだろう。今なら、少しだけそう思えた。

面倒だからと、そればかりで目を背け続けた結果が、彼女を追い詰めたのかもしれない。

結局それでイリステラにも、部隊のみんなにも迷惑をかけた。反省しなければならないことだ。

だが、エミリアに不幸になってほしいとは思っていない。

ダンのことは普通に友人だと今でも思っているし、彼らがどこか遠くの土地で幸せになってくれたらと願うばかりだ。

「そういえばアドルフさん、今夜は何が食べたいですか？」

「そうだな」

イリステラを抱き寄せる。

もう体調は大丈夫だと言い張る彼女だが、相変わらずの細さに心配しかない。

これを言うとまたマヌエラたちに過保護だのなんだの言われてしまうので、最近は家での食事に気を遣うようにしている。

イリステラは俺にとって大切な女性で、そして第五部隊にとっても大切な聖女だ。

こいつが成し遂げた偉業を知る人間は少ない。

それについて不満がないわけじゃないが、それでもイリステラがここにいて笑ってくれる、それが俺にとっては大事なことだ。

「シチューがいい」

「いいですね、野菜たっぷり入れましょう！」

「ああ。……そういえば、そろそろあそこのパン屋がいい時間帯じゃないか」

「あっ、本当！　焼きたてパンありますかね」

「……イリステラ」

「はい？」

楽しそうに自分と手を繋いで歩くイリステラが、不思議そうにこちらを見上げる。

くるくると変わる表情は、変わらない。

だが以前よりも、少しだけ。

そう、少しだけ柔らかい表情で俺に寄り添ってくれる彼女の手を、ほんの少しだけ力を込めて握る。イリステラはここにいる。俺の、隣に。

「――……お前は、幸せか？」

俺のような男に捕まって、もう逃げられない。

勿論幸せにすると誓っているし、愛しているとこれからは毎日告げると約束しよう。

あの陛下がまたイリステラを利用しようとするならば、この国から逃げたって構わない。

俺のそんな気持ちなんて知りもしないイリステラが、笑う。

無邪気で、本当に楽しそうな笑みだ。

それを見ると、不思議と俺も笑顔になる。

「幸せです！　サイコーに!!」

「……そうか、俺もだ」

そうやって俺の隣で笑ってくれているなら。

俺はそれでいい。それが俺の幸せだ。

「俺も、幸せだ」

エピローグ

「そういえば、今年も獣神部隊は縮小しませんでしたね」

「そうだな、引退者の分を補う形だ」

私たちが結婚して一年とちょっと。

今日は新兵の入隊式。

戦争が終わって初の新兵ということで、どこかみんな浮き足立っている。

アドルフさん率いる第五部隊はもう誰からも『死神部隊』なんて呼ばれることはなく、むしろ平民出身の人たちが多いからだろうか、町中ではそこそこ人気だ。

そういう意味では第四部隊も平民出身の人たちが多いので、今では第四部隊と第五部隊が交代で城下町の警備にあたっている。

とはいっても第四部隊は下級貴族も多いので、富裕層地区にウケが良いって感じ。

逆に第五部隊は下町の民衆にウケがいい。

一長一短だね！

第一部隊はそのままゲオルグ様が率いる国王直轄の部隊となり、第二部隊は軍のトップ集団、第三部隊は城内警備担当というような形で今は収まったのだ。

いずれは縮小を……なんて言っていたけど、やはり戦時中もその名を轟かせた部隊だけに名前を残して機能を変化させた方が他国に対しても抑止力になる、ということらしく……。

まあ、今となっては獣化して戦わなくてもいいことを考えれば、倍率が高い就職先になってしまったわけで……そのせいなのか、私の記憶している『ゲームスタート』とは時期が異なった新兵の入隊式となったのである。

(ゲームスタート時に咲いてた花が完全に散っちゃってるもんねえ)

まあそもそもが戦争も終わってまだ一年。

概ね平和な世の中になったわけだけど、まだまだ傷痕はあちこちに残されている。

ゲームとはまったく異なる未来になったことは間違いない。

いやゲームもちゃんとトゥルーエンドを迎えたら平和になるけどね!!

でも、私が知っているエンドよりもずっといいと、そう信じている。

「第五部隊には随分と希望者が多かったって聞きましたよ」

「……ああ、うちには聖女様もいるから大人気なんだと」

僅かに低くなった声に私は苦笑する。

すっかりラブラブ夫婦(多分合ってる)になった私たちだけど、アドルフさんはなんでもないことにまでやきもちを焼いてくれるのだ。可愛い。

どうやら荒くれ者の集団と思われていた第五部隊が実はフレンドリーな人たちで、獣化の暴走に耐えていたり、普段から過酷な任務のせいで疲れ切った顔をしていただけであるとみんなに理解してもらえた途端、大人気になったのだ。

そして彼らの負担を減らし、隊長のアドルフさんを筆頭に部隊全体で大事にしている聖女である私がイコールですごい人、みたいな図式が成り立ってしまったんだとか。

(んなこたアないのにね!)

とんでもない誤解が生まれてしまったもんだぜ……!!

私は単純に、聖女の癒やしを箱推しである第五部隊全体に届けたかっただけである。

その結果でしかないんだけど、まあ訂正できる話でもないのでほっといたらこれですよ。

そんなね! すごい人じゃないんだよ!!

残念ながら未だに回復もしきってないから治癒も擦り傷、打ち身専門だぜ!

下手したら城に駐在している上位神官の方が実力も上なんですよ……へへへ……。

まあそれでも私も第五部隊の一員だからって、みんな頼りにしてくれるの。優しくない?

さすが私の箱推しメンツだぜ……!!

「見ろ、あそこでフランツが並ばせているのが今年入る新兵だ。……あいつらが、ただの殺し合いの場に行かなくて済むよう、陛下には頑張ってもらわないとな」

「そうですね」

王城で、部隊ごとに新兵の入隊式が行われる。

いっぺんに行わないのは、治安上のスケジュールとかまあ、いろいろな事情がね！

なので私たち第五部隊は最後だ。

眼下では新兵たちをどやすようにしながらフランツさんが楽しそうに笑っている。

その横でカレンが退屈そうに欠伸をしている姿もあって、マヌエラがそれを窘めていた。

（あ……）

そして緊張した面持ちを浮かべている新兵たちの中に、私は男主人公の姿を見つける。

まだ初々しいその表情は、ゲームと違って悲愴感なんてこれっぽっちもない。

（未来は、変わったんだなあ）

「イリステラ？」

「いえ、なんでも。あそこに並んでいる人たちが……戦争じゃなく、治安を維持していく目的なのだと思うと感慨深くて。……なんだか、ホッとしますね」

「ああ」

私の言葉に、アドルフさんも目を細めて笑う。

まだまだ問題は山積みだし、万が一の時は命を賭した戦いを求められるのが軍人の役割で、その中でも獣神部隊に求められることはきっと多いのだろう。

それでも、今はずっとマシだ。先の見えない、あの戦場よりはずっと。

「あっ、あの！」

「え？」

そうしていると、後ろから声をかけられた。

振り返るとそこには神官服を着た少女が立っているではないか。

「あの、第五部隊の式典準備、整いましたので、えっと……」

「……そう、ありがとう。新しく入った神官さん？」

「はい！　え、ええと、見習いで新しく入りました！　よろしくお願いします!!」

私たちを呼びに来てくれた可愛らしい少女に、私の胸が早鐘を打つ。

だって私は彼女のことを知っていたから。

(ああ、女主人公とも出会えた)

彼女もまた、明るい表情だ。

ゲームで見たような、仕方なくそこにいるのではない表情。

「行こう、イリステラ」

「はい」

差し出された手を取って、私たちはみんなが待つ階下へと進む。

望んだ平和が、目の前に広がっていることに胸が高鳴った。

（私はアドルフさんを助けたかった）

この世界に来る前からの話だ。

私は第五部隊の手助けがしたかった。

この世界で救われてからの話だ。

私が行った数々のことは、表に出ない話だ。でも別にそれは構わない。

だって、私のエゴだったから。全部、全部私が〝そう〟したかっただけの話。

（あれ？　でも待てよ？）

戦争は終わった。平和になった。

アドルフさんは生きているし、第五部隊のみんなも民衆に受け入れられて人気者になった。

主人公たちも病んでいくことなんてないだろう。

なのにどうしてチリッとした小さな不安が私の胸を過るのか。

（そうだよ、このゲームって続編なかったっけ!?）

完成度が高いだの不遇の物語だの何だの言われたこのゲーム、人気は実に高かった。

だから続編が出たんだよね。

というか、出るっていう宣伝を見たことは覚えているんだけど……あれ、どうだったっけ。

確か、戦争終結後のストーリーで、次は敵国側の話じゃなかったっけ？

あれあれ、もしかしてまだ物語は終わらないのかな!?

「どうかしたのか、イリステラ」

「え、いえ」

「……よそ見をしてくれるなよ。新兵たちに明日の朝から俺に抱かれて出仕する姿を見せつけることになるぞ」

「アドルフさん!!」

別に新兵の中に気になる人がいるとかそんなことないですから！

まったくこの推しは！　やきもちが過ぎるけどそんなところも可愛いぞう!!

（まあ、いっか）

転生して苦労もたくさんしたけど、推しに出会えて、推しが笑ってくれたのだ。

しかも幸せだって言ってくれて、私のことを好きになってくれたのだ。

部隊のみんなも私のことを大切な仲間と思ってくれている。

これからも推したちに笑ってもらうために、私は私のできることを頑張ろう。

「アドルフさん」

「うん？」

「……愛してます」

そういえば、態度ではたくさん示したし妻になれて嬉しいと言ったことはあるけど、この気持ちをちゃんと伝えてなかったなって。

私はアドルフさんの目を見て、しっかりと気持ちを伝える。

そのことに少しだけ驚いたみたいで、目を丸くしてたけど……アドルフさんはすぐに蕩けるような笑みを見せてくれた。

「ああ、俺もだ。愛してるよ、イリステラ」

推しが幸せになってくれたなら、最高じゃないですか。

私はこれからも推し活を続けていくよ!!

あとがき

皆様こんにちは、玉響なつめです。

推しを一番に考えたい、そんな本作は楽しんでいただけたでしょうか？

今回第一回SQEXノベル大賞で銀賞を受賞することができて、作品をお届けできたことはとても嬉しいことでした。

ゲームをやっていると『推せるな……？』って思ったキャラが意外なところで退場していく、きっと皆様も経験があると思います。そんな推しキャラを『救いたいよねええ！』となった結果がこの作品に繋がったわけですが……。

愛されヒロインというよりは全力で愛しに行くスタイルで箱推ししていくタイプだったため、糖度という意味合いでは少しばかり控えめかな？　とは思いつつ、それがイリステラとアドルフなんだなあと思っていただけたら幸いです！

書籍化にあたり、イラストが届く度にテンション爆上がりして家族に若干変な目で見られたのは今となってはいい思い出です。

いやだってアドルフさんかっこよくないですか……！

非常にふわっとした「こんなイメージで」という願いを叶えてくださって……珠梨やすゆき先生、本当にありがとうございました。

その度に大体喜びでテンションのおかしいメールを受け取りつつも優しく対応してくださった編集さんにも頭が上がりません。毎度すみませんいつもありがとうございます。

本作に携わってくださった方々、WEBでもこの物語を応援してくださった方々、そして書籍を手に取ってくださった方々、多くの方に支えられてこの作品を外に出せたこと、感謝してもしきれません。

これからも良い作品を送れるよう、頑張ります！

多くの人が楽しめますように。

主人公の転生先のゲームが
個人的に大好物な世界観の作品だった
こともあり、とても楽しく描くことが
できました！
このゲームの続編の内容も
気になります！

イラスト担当：珠梨やすゆき

大人のエンタメ、ど真ん中！
SQEX ノベル 毎月7日発売
第1回 SQEXノベル大賞
銀賞
悪役にされた冷徹令嬢は王太子を守りたい
～やり直し人生で我慢をやめたら溺愛され始めた様子～
著者：阿井りいあ
イラスト：しんいし智歩
銀賞
鬼騎士団長様がキュートな乙女系カフェに毎朝コーヒーを飲みに来ます。
……平凡な私を溺愛しているからって、本気ですか？
著者：氷雨そら イラスト：しょうじ
銀賞
転生者の私は〝推し活〟するため聖女になりました！
著者：玉響なつめ
イラスト：珠梨やすゆき
金賞
ベル・プペーのスパダリ婚約
～「好みじゃない」と言われた人形姫、我慢をやめたら皇子がデレデレになった。実に愛い！～
著者：朝霧あさき
イラスト：セレン
大賞
滅亡国家のやり直し
今日から始める軍師生活
著者：ひろしたよだか
イラスト：森沢晴行
受賞作品続々刊行中！
各作品の詳細はコチラ ▶▶▶

BG
COMICS
ビッグガンガン
毎月25日発売
薬屋のひとりごと
原作：日向夏　作画：ねこクラゲ
(ヒーロー文庫/イマジカインフォス)
構成：七緒一綺
キャラクター原案：しのとうこ
シノハユ
原作：小林 立
作画：五十嵐あぐり
父は英雄、母は精霊、娘の私は転生者。
原作：松浦(カドカワBOOKS)
作画：大堀ユタカ
キャラクター原案：keepout
ハイスコアガール DASH
押切蓮介
ゴブリンスレイヤー
原作：蝸牛くも　作画：黒瀬浩介
(GA文庫／SBクリエイティブ刊)
キャラクター原案：神奈月昇
結婚指輪物語
めいびい
スーパーの裏でヤニ吸うふたり
地主
BADON
オノ・ナツメ
月刊ビッグガンガン
BG
Monthly BIG GANGAN
毎月25日発売

SQEXノベル

転生者の私は〝推し活〟するため聖女になりました！ 1

著者
玉響なつめ
イラストレーター
珠梨やすゆき

2024年5月7日　初版発行

発行人
松浦克義
発行所
株式会社スクウェア・エニックス
〒160−8430
東京都新宿区新宿６−２７−３０　新宿イーストサイドスクエア
（お問い合わせ）スクウェア・エニックス　サポートセンター
https://sqex.to/PUB
印刷所
図書印刷株式会社
担当編集
長塚宏子
装幀
小沼早苗（Gibbon）

この作品はフィクションです。
実在の人物・団体・事件などには、いっさい関係ありません。

ISBN978-4-7575-9183-7　C0093　　Printed in Japan